HOW ARE YOU, MISTER ANGST?

Tübingen im November 2020

Joachim Zelter

HOW ARE YOU, MISTER ANGST?

Ein Universitätsroman

Klöpfer & Meyer

»Unser Leben gründet sich auf eine Auswahl von Fiktionen. Unsere Schau der Wirklichkeit ist bedingt durch unsere Position in Raum und Zeit. […] So beruht auch jede Interpretation der Wirklichkeit auf einer einmaligen Position. Zwei Schritte nach Osten oder Westen, und das ganze Bild verschiebt sich.«

Lawrence Durrell, *Balthazar, The Alexandria Quartet* (London und Boston: Faber & Faber, 1968).

1.

Vielleicht hatte ich schon aufgehört zu atmen. Mein Mund lag betäubt auf einem Kissen. Draußen schien die Sonne, während Kinder in einem benachbarten Garten spielten. Ich lag kalt, steif und schwer schon seit Stunden in meinem Bett, hinter zugezogenen Vorhängen und geschlossenen Fenstern. Ich war nur noch ein Bild. Nicht mehr von dieser Welt. Wie verglast. Ein Hinterglasbild. Oder wie in einem Aquarium. Die Fernbedienung des Fernsehapparats steckte noch in meiner Hand, die kalt und in einem seltsamen Weiß neben mir lag. So als gehörte diese Hand schon nicht mehr zu mir. Sie war nur noch ein letztes, vergebliches Klammern – nach einer Fernbedienung.

Durch die Ritzen der Jalousien flimmerten verstaubte Sonnenstrahlen. Sie leuchteten in kleinen Rechtecken gegen die Wand an meinem Bett, das immer kälter wurde. Ich lag in Kindheitserinnerungen, während in der Wohnung über mir ein Baby schrie. Ich versuchte es – in Gedanken – zu beruhigen. Später hörte ich auf meiner Terrasse Geräusche. Jemand klopfte gegen die Glastür. Mein Name wurde gerufen, mehrere Male, in der Stimme meines Kollegen, McMurphy, der mich, wie fast jeden Dienstag während der Semesterferien, zu einer Flasche Bier aufsuchen wollte. Es stand bereits in meinem Kühlschrank. Er wollte dringend mit mir sprechen, wirkte anders als sonst. Weit entfernt von seiner sonstigen Jovialität. Fast ein wenig kleinlaut und besorgt. Ich hörte es an seiner ertrinkenden Stimme. Es ging ihm nicht gut. Er rief meinen Namen mehrere Male. Seine Rufe klangen wie Hilferufe. Er klopfte gegen das Glas der Terrassentür. »Bist du da!?« Er glaubte es an der Art der herabgelassenen Jalousien zu erkennen, dass ich daheim war. Wo sollte ich sonst sein. Er ging in die Knie und blickte mit verrenktem Kopf in die Wohnung. Der Blick ging von unten nach oben. Als er mich entdeckte, sah ich in seinen Augen blankes Entsetzen. Er sprang auf und wich zurück. Ich hörte einen leichten Aufruf, etwas Ähnliches wie »O Gott!« Dann seine davoneilenden Schritte. Sein Entsetzen war überdeutlich. Womöglich war er schon auf dem Weg zu sich nach Hause, um einen Ersatzschlüssel zu holen – für meine Wohnung. Ich lag und wartete. Allmählich wurde es dunkel. In der Wohnung neben mir wurden Jalousien herabgelassen – ungewöhnlich bedächtig und rücksichtsvoll. Ich wartete weiter. Kein Arzt. Kein Geräusch eines Schlüssels an meiner Tür. Kein McMurphy. Auch kein Hausmeister, den er hätte rufen können. Ich verstehe seinen Schrecken. Ich verstehe, wie sehr mein Anblick ihn schockiert haben muss. Ein Starrbild und ein Schreckbild. Dazu der Anblick zahlloser Tablettenschachteln auf dem Fenstersims und Nachttisch. In erschreckender Deutlichkeit. Schlaftabletten: in allen Farben, Varianten und Formen, die ich mit einem Male genommen hatte. Aus dem Nichts. Ich verstand also seine Bestürzung – und wartete weiter.

Ich war ruhig, nicht obenauf, aber im Großen und Ganzen ruhig, nicht einmal müde. Mein Zustand erschien mir weniger ein Einschlafen als vielmehr ein langatmig umständliches Erwachen. Als ob ich nach langem Schlaf allmählich aufwachen würde. Sonst nichts. Für einen kurzen Augenblick lehnte ich mich zurück, mit dem Gedanken: Sich einfach, aus dem Nichts, der Welt zu hinterlassen. Oder sollte ich sagen: überlassen?

Mein Telefon klingelte – nur einige wenige Male, dann brach der Anrufer ab. Ich lag nun in aller Dunkelheit. Die Fernbedienung des Fernsehers glitt aus meiner Hand, der Fernsehapparat schaltete sich an, also lag ich kaum anders als sonst und schaute fern – bis in den frühen Morgen. Dabei dachte ich an meine Jugend, an eine Schulfreundin, die nahezu unbemerkt an einer seltenen Krankheit gestorben war. Nach den Sommerferien war sie nicht mehr zurückgekommen. Sie starb innerhalb weniger Tage, aus heiterem Himmel. Ich erinnerte mich nun an ihre frühen Brüste, an ihre ständig wechselnden T-Shirts, die sie in den Pausen auf der Toilette aus- und wieder anzog. Ich erinnerte mich, wie sie sich mit langen Armen im Unterricht meldete, nein, sich reckte und streckte. Wenn sie aufgerufen wurde, sagte sie: »Darf ich bitte aufs Klo.« Einmal saß sie ausdrücklich neben mir. Melanie, sie hieß Melanie.

Während ich an sie dachte, gingen mir die zahlreichen Angelegenheiten durch den Kopf, die es nun wohl zu erledigen galt: die Benachrichtigung des Seminardirektors und der Fakultät und anderer Ämter … Ein Marathon an Erledigungen! Mehr Bürokratie als zu den schlimmsten

Lebzeiten. Unzählige Telefonate, stupides Warten, Weiterverbundenwerden, die Ungläubigkeit mancher Kollegen, Bescheinigungen, Überweisungen, Nachzahlungen … Zuallererst galt es, sich mit der Universität in Verbindung zu setzen. Die Semesterferien gingen zu Ende. Das Sommersemester rückte näher und näher. Gutachten mussten geschrieben, Hausarbeiten und Klausuren korrigiert werden. Meine Studenten warteten dringend darauf. Ein Ersatzlehrender musste bestellt werden. Mündliche wie schriftliche Prüfungen verschoben werden! Wenn das überhaupt noch möglich war. Meine Augen schielten zum Schreibtisch: die Klausuren des letzten Wintersemesters. Sie lagen überdeutlich auf einem großen Haufen. *Bitte!* Ich hörte den Tonfall heller Stimmen, die Stimmen meiner wenigen Studenten. Sie fragten nach ihren Arbeiten: nach einem ersten Eindruck oder gar Ergebnis. Jede einzelne Klausur eine Welt für sich. Sie warteten – schon seit mehr als einem Monat. *Bitte!* Ich durchdachte die Möglichkeit wenigstens einer flüchtigen Korrektur, aus dem Augenwinkel, mit einigen groben Randbemerkungen wie: *Gut, Besser, Immer Besser … Weiter so!* Frei assoziierende Korrekturen, die mir durch den Kopf gingen, während ich überlegte, auf welchem Weg man den Studenten die Klausuren wieder zurückgeben könnte – wenn schon nicht zurückgeben, so doch wenigstens ein Ergebnis übermitteln. Man könnte die Noten auf ein Blatt Papier schreiben und mit einer einzigen Generalunterschrift beglaubigen. Es ist durchaus möglich, Klausuren oder Hausarbeiten zu korrigieren, ohne sie wirklich zu lesen. Wer weiß das besser als ich. Ich wähle einzelne Sätze, an denen ich einhake, durchaus nicht negativ als vielmehr frei assoziierend, derart, dass dieser Satz einer Hausarbeit an einen ähnlichen Satz eines Dichters oder Philosophen erinnert, der wiederum die Gedanken anderer Dichter oder Philosophen berührt, und so weiter und so fort – Kettensätze freundlicher Rückmeldungen für die Bemühungen meiner Studenten. Jede ihrer Hausarbeiten ist Teil einer frei assoziierten Weltgeschichte. Das Telefon klingelte. Diesmal länger. Der Anrufer brach nicht ab. Er ließ seinen Anruf deutlich klingeln und weiterklingeln. Mein Anrufbeantworter schaltete sich ein. Meine Stimme klang nicht anders als sonst, gesund und freundlich: *Bitte hinterlassen Sie eine Nachricht auf Band. Ich werde Sie zurückrufen.*

Wie verglast. Ein Starrbild hinter Glas. Ich lag aufgebahrt auf meinem Bett und erlebte meinen Atem. Erlebte – was für ein Wort. Was für ein Wort: ERLEBTE. Ich klammerte mich an dieses Wort.

Später hörte ich den vertrauten Atem meiner Kollegin: Frederike Tarnart! Einführung in den E-Mail-Roman. Text und Hypertext. Medienvorlesungen. Und andere Vorlesungen. Wer sonst? Wenn nicht jetzt, dann spätestens in einer halben Stunde. Frederike Tarnart. An jedem Wochenende, während der Ferien, und auch während des Semesters: das Telefon und Frederike Tarnart. Ihr Atem ist nicht einfach nur Atmen als vielmehr Luftholen vor umfassenden Angelegenheiten – Angelegenheiten von größter Bedeutung: Semesterpläne, Stundenpläne, Raumbelegungspläne, Ersatzpläne … Kein Tatbestand, kein Gespräch, keine Unterrichtsminute ohne irgendeinen Plan. Jahrelang telefonierte sie mich aus dem Bett. Sie spricht keine wirklichen Nachrichten, sondern Gedanken. Gedanken zu diesem und zu jenem. *Bist du da?* Sie duzt mich. Wir alle duzen uns. *Bist du da?* So als ob sie immer und zu jeder Zeit mit meinem Dasein rechnen könnte. *Bist du …?* Ja, ich bin … Selbstverständlich bin ich da. Und selbst wenn ich nicht da bin, spricht sie so, als wäre ich da, unbedingt.

Einmal, vor Monaten, war ich spät nachts nach Hause gekommen. Ich war betrunken gewesen, in Erwartung am nächsten Tag frei zu haben, und ich hörte, als ich zurückkam und mich ins Bett fallen lassen wollte, Frederike Tarnart auf dem Anrufbeantworter, mit der ewigen Frage: *Bist du da?* Dann teilte sie mir mit, ein Gastprofessor aus Amerika habe sich für einen Vortrag am nächsten Morgen angekündigt. Meine Anwesenheit sei dringend erwünscht. Ob ich eine kurze Einführung halten könnte? Eine Einführung zu dem Forschungsgebiet dieses Professors. Ich hatte keine Ahnung von seinem Forschungsgebiet. Ich kochte Kaffee, versuchte wieder nüchtern zu werden, kroch hinters Bücherregal und suchte mir Fachbücher zusammen … Bis eine viertel Stunde vor Beginn des Vortrages arbeitete ich an dieser Einführung, in immer verzweifelteren Wendungen und Formulierungen und provisorischen Repliken auf Sätze, die der Professor irgendwann einmal geschrieben hatte. Zum Beispiel der Satz: »*Every understanding is a misunderstanding.*« Wie wahr. Ich kam gar nicht dazu, meine einführenden Worte zu sprechen. Der Gastprofessor verspätete sich. Und kein Mensch wollte bei seiner Ankunft irgendetwas von einführenden Worten wissen. Man behandelte meine Notizen fast schon als Aufdringlichkeit. All das nur wegen eines achtlos eingeschalteten Anrufbeantworters.

Und nun, einmal mehr, mitten in den Semesterferien wieder die Stimme Frederike Tarnarts: »Konrad? Bist du da?« Sie war sich völlig sicher, dass ich gar nicht anders konnte, als immerzu dazusein. Ihre erhobene Stimme erklang in meinem Zimmer, so als würde sie auf- und ablaufen, meine Bücherregale inspizierend. Einen Moment lang glaubte ich eine Bewegung meiner linken Hand zu spüren. Sie habe eine Mitteilung zu machen. »Eine sehr wichtige Mitteilung …« Nach jedem Satz ließ sie eine Pause, so als könnte ich mich jederzeit entschließen, das Telefon abzunehmen. Sie lief immer noch auf und ab. Schließlich legte sie auf. Sie war verärgert.

Ich lag in völliger Dunkelheit; der Fernseher hatte sich ausgeschaltet; in meinem Kopf überschlug ich einige Noten für die Seminarscheine. Ich ersann Noten für mündliche Prüfungen, die noch gar nicht abgehalten waren, aber unbedingt noch abgehalten werden mussten, noch in diesem Monat. Note auf Note, Student um Student. Ich arbeitete an einer Art Testament, ein zensurisches Testament guter und bester Noten, die ich meinen Studenten zum Abschied hinterlassen wollte. Ein Feuerwerk herausragender Noten als Ermutigung. Was mehr kann ein Dozent der Welt hinterlassen als Noten – Noten und Grüße und Worte an die Fachschaftsvertreter: Sie mögen den Studenten und ihren Eltern ausrichten, sie seien gute Eltern, ihre Töchter und

Söhne seien gute Studenten: intelligent, aufgeweckt, begabt, auf einem guten Weg, auch ohne mich.

Als das Telefon wieder klingelte, war es heller Tag. Es sprachen die Stimmen einiger Kollegen auf meinen Anrufbeantworter – unter ihnen auch die Sekretärin des Seminardirektors: »Herr Monteiro? Sind Sie da?« Warum ich nicht zurückriefe? Wo ich sei? Ob es mir nicht gut gehe? Bitttelefonate wachsender Sorge: Ob ich krank sei? »Bitte melden Sie sich!« Es gehe um eine wichtige Anfrage … Eine Frau Wenturis aus Berlin habe bei ihr angerufen … Sie habe angefragt, ob ich für einen Vortrag zur Verfügung stünde … Ein literarisch-akademischer Vortrag über die Dichter und Denker unserer Stadt … Noch in diesem Sommersemester …

Die Universität – sie nimmt keine Ende. Sie ist endlos. Sie klingelt weiter und weiter und weiter. Mit der allergrößten Willensanstrengung versuchte ich mich millimeterweise dem Telefon zu nähern. Immer noch hoffte ich auf McMurphy, meinen liebsten Kollegen. Er ist mehr als nur Kollege. Wir sind fast Nachbarn. Vielleicht auch Freunde. Warum er nicht einfach den Ersatzschlüssel holte und zu mir kam. Doch keine Spur, kein Geräusch von McMurphy.

+

Formulierungen für eine Todesanzeige, die mir durch den Kopf gingen. Wie könnte eine solche Todesanzeige lauten: *Wir Kollegen / Studenten trauern um unseren geliebten Dozenten … Er verstarb völlig unerwartet / viel zu früh …* In kurzen, behutsamen Sätzen geschrieben, in einer stillen Ecke der Zeitung veröffentlicht. Die Schrift einfach und zurückhaltend. Eine Geste an die Kollegen und an die ganze Universität. Wenigstens das. Wie klein die Todesanzeige auch sein mag. *Er verstarb völlig unerwartet / viel zu früh …* Mit Verlaub gefragt: Welcher Tod käme nicht zu früh? Welcher Tod könnte von sich behaupten, gerade zum rechten Zeitpunkt zu kommen, auf die Minute pünktlich? Dies nur nebenbei.

+

Als ich am nächsten Morgen aufwachte, war Frau Wenturis am Telefon. Sie sprach ohne Umschweife auf den Anrufbeantworter: Ob ich zu Beginn des Sommersemesters für einen Vortrag zur Verfügung stehen würde, ein literarisch-akademischer Vortrag über die Dichter und Denker unserer Stadt. Sie zählte einige Dichter und Denker auf und fragte mit großer stimmlicher Deutlichkeit, fast so, wie meine Kollegen mich fragen würden: »Haben Sie Lust? Haben Sie Zeit?« Sie sprach mich mit dem Professorentitel an, obgleich ich – strenggenommen – gar nicht Professor bin. Ich glaube, ich hörte auch das Wort Überfall. Damit leitete sie ihre Frage ein: »Herr Professor, verzeihen Sie die Störung, aber ich habe einen Überfall auf Sie vor.« Wie gut ich dieses Wort kenne. Wer immer ein solches Wort in den Mund nimmt, er möchte mit der nackten Wahrheit eines solchen Wortes herunterspielen, dass es sich in der Tat um einen Überfall handelt.

Sie machte eine kurze Pause, so als gewährte sie mir Bedenkzeit, dann hinterließ sie ihre Nummer. Einige Stunden lang blieb das Telefon still. In einem entfernten Garten hörte ich einen Rasenmäher. Später saß ich für einen kurzen Augenblick aufrecht. In Reichweite des Schreibtisches. Dann lag ich wieder. Mein Gesicht blieb zum Schreibtisch geneigt. Auf einem Blatt Papier entdeckte ich einige Satzfragmente: *Manche werden posthum geboren.* Oder: *Nur wo Gräber sind, gibt es Auferstehungen.* Für einen Moment war ich ohne Raum und Zeit. An meinem Schreibtisch fand ich mich wieder, über die Seminararbeiten meiner Studenten gebeugt, in rasenden Korrekturen ihrer Arbeiten, die ich mit euphorischen Randbemerkungen umrankte: *Hervorragend! Famos! Brillant!* Ich schrieb mit meinem Grünstift; der Rotstift war unauffindbar. Ich strich nicht durch, ich strich nicht an. Ich korrigierte nicht, sondern bestätigte, untermauerte, unterstützte, nahm einzelne Sätze an die Hand, führte sie zu einem guten Ende. Jede Arbeit ein Happy End. Niemals korrigierte ich so schnell, so bestimmt, so begeistert, an einem einzigen Nachmittag.

Zwischendurch kamen einige Faxe, die ich nebenbei bearbeitete – gefolgt von einem weiteren Anruf Frederike Tarnarts: Ob es mir nicht gut gehe? Und sie fügte hinzu, als wäre es nun eine Gewissheit. »Ich … Ich hatte ja keine Ahnung«, sagte sie (ihre Stimme wirkte verlegen), »dass es dir nicht gut geht. Wie konnte ich das wissen?« Sie war ernsthaft betroffen, fragte in den kleinsten Worten: Und? Wie? Wann? Sie habe der Sekretärin des Seminardirektors Bescheid gegeben. Frederike Tarnart sprach von Genesung. Bis zum Beginn des Sommersemesters sei es noch einige Zeit hin. Sie sprach allen Ernstes von Genesung. Behutsam legte sie den Hörer auf. Sie legte den Hörer auf, so als trippelte sie auf Zehenspitzen aus meinem Zimmer mit der Botschaft an die draußen Wartenden: Er schläft jetzt. Er hat Fieber. Er ist auf dem Weg der Besserung. Sie behandelte meinen Zustand wie eine Temperatur, eine vorbeiziehende Grippe. Typisch Frederike.

+

Am nächsten Tag überschlugen sich die Anrufe: die Universität, eine Studentin und erneut Frau Wenturis aus Berlin. Mit überschwänglicher Stimme rief sie meinen Namen. Ich hatte das Telefon abgenommen. Mit einem plötzlichen Ruck hatte ich das Telefon abgenommen. Sie wirkte hierüber fast verwirrt, sprach mit einem leicht ungläubigen Ton: »Sie haben das Telefon abgenommen. Sie haben wirklich das Telefon abgenommen.« Sie fragte mich, wie es mir gehe. Ich antwortete: »Danke, besser.« Auch sie sprach von einer vorbeiziehenden Erkältung. Ihre Ahnungslosigkeit betörte mich. Als ob das Leben unter allen Umständen weiterginge, in welchem Zustand auch immer, dank ihrer liebenswerten Ahnungslosigkeit, dank ihrer Anfrage. Sie erklärte mir, dass sie von Berlin aus telefoniere. Sie leite dort einen Literaturzirkel. Es werden in diesem Zirkel Bücher gelesen … Sie fügte hinzu: nicht einfach nur gelesen, sondern regelrecht analysiert und interpretiert. Kaum anders, als man das an einer Universität machen würde, mit richtigen Referaten und Hausarbeiten. »Sie kennen das ja, Herr Professor.« Wie jedes Jahr plane dieser Lese- und Literaturzirkel eine Studienfahrt an die Örtlichkeiten der in diesem Zirkel behandelten Dichter und Denker. Ob ich für einen Vortrag zur Verfügung stehen würde. Sie vermied das Wort Stadtführung, doch letztendlich wollte sie eine Art akademische Stadtführung. Eine Art wandelnde Vorlesung. Ob ich zur Verfügung stünde? Für ein kleines Honorar. Ein akademischer Vortrag. Am besten unter freiem Himmel. Wegen der großartigen Kulisse. »Es wäre uns eine große Freude, Herr Professor.« Ein Vortrag über Dichter, Denker und Gelehrte. Im Hintergrund die Fassaden namhafter Dichterklausen. Sie listete einige Häuser auf, von denen ich noch nie gehört hatte, die ihr jedoch geeignet erschienen, und sie nannte mir Termine.

Unter anderen Umständen hätte ich ihr höflich abgesagt, aus zahllosen guten Gründen: Meine Vorlesung, mündliche Prüfungen und andere Termine. Vor allem aber: Warum sollte ich einen solchen Vortrag überhaupt halten? Unter freiem Himmel. Als touristische Darbietung für Busreisende. Eine Form akademischer Folklore. Man sah uns bereits als aussterbende Spezies, als ein Relikt einer Welt, die schon längst im Sinken war, die nur noch scheinbar, in überzeichneten Fassaden bestand …

Zu jedem anderen Zeitpunkt hätte ich den Hörer aufgelegt oder abgesagt. Doch ich sprach nun anders: Warum nicht? Das Schlimmste ist bereits überstanden. Selbst diesen Irrsinn werde ich noch überstehen. Gerne stehe ich Ihnen für einen Vortrag zur Verfügung. Wenn es nicht stört, dass ich noch nie in meinem Leben einen Vortrag unter freiem Himmel gehalten habe … Frau Wenturis antwortete: »Nein, das stört überhaupt nicht.« Wenn überdies meine belegte Stimme nicht stört … »Nein«, antwortete sie, »das stört nicht. Im Gegenteil. Sie haben eine wunderbare Stimme.« Sie verwies auf die Stimme auf meinem Anrufbeantworter. Ich sagte ihr, die Stimme sei bereits mehrere Jahre alt. Ihre Antwort: »Das macht nichts.«

Später saß ich aufrecht und korrigierte weiter. Ich sah all die Klausuren und Hausarbeiten mit den Augen meiner wartenden Studenten – ein Volksfest sich überschlagender Glanznoten. Und auf dem Schreibtisch lagen Listen mit den Zwischennoten. Es gab kaum eine Note irgendeines Studenten ohne eine Eins vor dem Komma. Während ich korrigierte, erinnerte ich mich an die Stimme von Frau Wenturis, an ihren Berliner Akzent, der sich so wohltuend von den Akzenten meiner Umgebung abhob. Mitten in meine Randbemerkungen einer Klausur hinein hatte ich ihre Telefonnummer notiert. Ich hörte noch ihren Satz: »Rufen Sie mich an, wenn Sie Fragen haben.«

Natürlich hatte ich Fragen. Sie kamen mir immer deutlicher in den Sinn: Über welches Thema der Vortrag gehen sollte? Wie lange er dauern sollte? Welch eine absurde Frage: Wie lange er dauern soll? Eine fahrlässige Frage, beseelt von unnötiger Bereitschaft und Unterwürfigkeit. »So lange Sie wollen«, antwortete sie. »So lange Sie wollen. Eine Stunde, wenn Sie mögen auch zwei Stunden. Wir freuen uns schon.« Alles schien für sie schon beschlossen und geregelt zu sein, bis hin zu den Hotelzimmern, die sie für ihren literarischen Kreis gebucht hatte. »Wir freuen uns!«

+

Als ich zum ersten Mal wieder auf meine Terrasse trat, fragte ich mich: Warum das Sekretariat des Deutschen Seminars Frau Wenturis ausgerechnet zu mir und nicht zu einem anderen durchgestellt hatte. Weil meine Telefonnummer mit einer Null endet? Oder weil mein Büro in einem entlegenen Seitengang liegt. Oder weil sich kaum ein Student mehr in meine Vorlesungen verirrt.

Frau Wenturis sprach am Telefon von Studienerinnerungen, zum Beispiel ihre Erinnerungen an ihre Studienzeit in Freiburg. Oder sie erwähnte einen Bildband über unsere Stadt, in dem ein Professor in wehendem Talar abgebildet ist. Auf dem Bug eines Stocherkahns stehend. In der einen Hand ein Buch, in der anderen Hand den Stab des Stocherkahns. Denkerblick Richtung Altstadt. Sie betrachtete unsere Universität als Form von Folklore, kaum anders als die Folklore von Uhrenmachern und Schwarzwaldmädchen, die man in Museen zur Schau stellt. In derartigen Bildern malte sie sich den Vortrag aus: als touristische Vorführung – in einer Stadt, die ihrerseits kaum etwas anderes ist als eine touristische Vorführung. Eine Stadt akribischer Verzückungen, eine Disneywelt. An Unwirklichkeit kaum zu überbieten. Vielleicht sah sie mich bereits mit wehendem Talar ihr entgegenschreiten, zu meinem Vortrag …

Ich stand vor dem Schrank und betrachtete meine Jacketts. Ich betrachtete sie nicht nur mit meinen eigenen Augen, sondern auch mit den Augen einer Berliner Reisegruppe. Was sie wohl zu dem weinroten Jackett sagen würden? Oder zu der marineblauen Jacke?

+

Nach Ansicht einer Studentenzeitung war meine Vorlesung eine der schlimmsten Vorlesungen der ganzen Universität, eine Vorlesung ohne Sinn und Ziel, ohne didaktischen Plan und erklärende Schaubilder – und wenn Schaubilder, dann waren die Schaubilder unansehnlich und kaum überzeugend. *Konfus und haltlos*, so schrieb die Studentenzeitung über die Vorlesung. Eine Vorlesung ohne Zug, ohne

Prüfungsrelevanz, ohne Botschaft. In dem Artikel der Studentenzeitung war auch ein Foto von mir abgebildet. Es wirkte wie ein Fahndungsfoto. Es zeigte in unabweisbarer Deutlichkeit meine viel zu hohe Stirn, die mein Gesicht entstellte, nein, nicht entstellte, sondern geradezu entlarvte. Falls nach Lektüre dieses Artikels noch irgendwelche Zweifel an dessen Richtigkeit bestehen sollten, sie wurden endgültig entkräftet durch das beistehende Foto: der sichtbare Beweis für die Erbärmlichkeit meiner wöchentlichen Darbietungen.

Konfus und haltlos. Ich hatte die Studenten aufgefordert, haltlose Hypothesen zu denken. Oder Paradoxien. Etwa folgender Art: »Er hatte nichts zu sagen, aber er sagte es charmant.« Keine Antwort. Oder: »Der Kreter Epimenides behauptet, dass alle Leute von Kreta lügen.« Ob irgendjemand etwas zu diesem Satz sagen möchte? Bedächtiges Schweigen. Ratlose, zur Seite gehende Blicke. Die Blicke von Rekonvaleszenten. Ich fragte erneut: Ob sie nicht wenigstens einen haltlosen Gedanken denken könnten. Die Haltlosigkeit als Beginn allen wissenschaftlichen Denkens. Die Haltlosigkeit als Voraussetzung neuer Ideen. Nicht ein haltloser Gedanke kam ihnen in den Sinn.

Vielleicht dachten sie auch an meine Frisur: »Überdenken Sie lieber mal Ihre Frisur. Die ist in der Tat haltlos.«

Wie anders noch vor zehn Jahren. Damals waren die Vorlesungen nicht nur gut besucht, sondern zu einem gewissen Grad auch inspirierend – sowohl für mich als auch für die Studenten. Ich spürte in meinen Worten noch Wirkungen: in Form von Zustimmung oder Zwischenfragen oder Nachfragen. Ich fühlte mich auf der Höhe der Zeit, der Zeit sogar voraus. Noch jung. Promotion in Yale. Schüler von Harold Bloom und Geoffrey Hartman. Mit den neueren Literaturtheorien vertraut – Literaturtheorien, die über alle einfachen Fragen und Antworten erhaben erschienen. »Die Welt ist Text. Nichts steht hinter oder über ihr. Es gibt kein Entkommen, hier in diesem Sprachgefängnis.« Mit den Jahren verloren derartige Formulierungen an Durchschlagskraft. Sie gingen an den Köpfen der Studenten vorbei, liefen ins Leere, verpufften ungehört im Raum, ohne irgendwelche Reaktionen hervorzurufen. Nicht einmal Widerwillen oder Widerspruch. Oder wenigstens Fragen. Dabei las ich nichts anderes als in den Jahren davor. Es waren dieselben Worte, aber nicht mehr dieselben Studenten. Ich betrat den Vorlesungsraum und stürzte ins Nichts. Wie sehr ich die Vorlesung auch ab- und umänderte – es herrschte immer öfter Schweigen, zunächst betretenes, vielleicht sogar mitfühlendes Schweigen, in späteren Jahren feindseliges Schweigen.

In der Physik existiert der Begriff der kritischen Masse. Bei Vorlesungen steht demgegenüber der Begriff der kritischen Nicht-Masse. Ab einer bestimmten Zahl (oder besser) Nicht-Zahl oder Unzahl von Studenten kann keine Vorlesung, wie gut sie auch sein mag, sich wirklich entzünden. Sie ist von vornherein atmosphärisch zerstört. Die wenigen Studenten sitzen vereinzelt, jeder für sich, mit einem abgewandten Ausdruck, der in etwa bedeutet: Wäre ich doch nicht gekommen. Die Vorlesung ist bereits gerichtet, bevor ich überhaupt ein einziges Wort gesprochen habe, gerichtet, entlarvt, bloßgestellt, vorgeführt – und mit ihr die wenigen Zuhörer, die an dieser Peinlichkeit teilhaben, ihr körperlich ausgeliefert sind, in geduckten, wegschauenden und hüstelnden Gesten.

Das Drama: Eine Einführung. So lautet der Titel der Vorlesung. Kaum ein Mensch interessiert sich heute noch für das Drama, in welcher Form auch immer, angesichts der Popularität ganz anderer Vorlesungen, die von studentischen Heerscharen besucht, wenn nicht überlaufen und umlagert werden: *Einführung in die Grafittianalyse.* Oder: *Der SMS-Roman.* Oder die Analyse von Werbesongs. Oder Frederike Tarnarts gefeierte Medienvorlesungen. Im Vergleich dazu ist das Drama eine längst überholte Gattung. Zu meinem eigenen Schutz fand die Vorlesung irgendwann in einem entlegenen Vorlesungsraum statt, dem kleinsten der Universität, in dem sich einige wenige Studenten verteilten, die mich kaum anschauten, wenn ich den Raum – knarrenden Schrittes – betrat. Wie ein Störenfried erschien ich ihnen. In diesen Momenten erinnerte ich mich an die späten Jahre eines Dozenten, der während meiner Zeit in Yale als Faktotum durch die Korridore der Universität geisterte. Sein Seminar fand ebenfalls donnerstags statt. Genauso wie meine Vorlesung. Donnerstags von 17 bis 19 Uhr. Mit schweren Taschen betrat er die Universität. Sein Gang wirkte teils erdrückt, von unzähligen akademischen Aufgaben gezeichnet, teils dienstbeflisseneilig. So als würde er mit neuem Elan schreiten. Ein neuer Donnerstag, ein neuer Versuch, ein neuer Anfang. Mit diesen Schritten lief er in sein Seminar. Seine Augen schienen zu winken – den Blicken der Studenten in der anliegenden Cafeteria entgegen: Hier bin ich … Wie jeden Donnerstag … Alles in bester Ordnung … So ging er in sein Seminar: Öffnete die Tür, grüßte, stellte seine Taschen ab, setzte sich ans Pult, verteilte Fotokopien, holte Bücher hervor und begann zu unterrichten. Er unterrichtete die Grundlagen seines Faches. Er unterrichtete nach allen Regeln der Kunst. Kein einziger Student war anwesend. Er unterrichtete die Grundlagen seines Faches dennoch. Er unterrichtete nicht anders als jeden Donnerstag in jedem anderen Semester – in aller Einsamkeit. Aus Gewohnheit. Aus Dienstgefühl. Auch um die Contenance zu wahren. Die Qualität seines Unterrichts blieb davon unberührt. Wenn er sprach, dann herrschte andächtige Stille, und wenn er ins Auditorium hinein Fragen richtete, dann herrschte ebenfalls Stille. Gelegentlich grüßte ihn der Hausmeister durch das Fenster. Er grüßte zurück und unterrichtete weiter, mit fester Stimme, holte Bücher hervor, zitierte, wiederholte, resümierte, packte zusammen, wischte die Tafel und ging davon.

In meinen eigenen Vorlesungen herrschte nicht einmal andächtige Stille. Eher gelangweilte, abwinkende Unruhe. Die Studentenzeitung schrieb von Langeweile in Reinform, von der Verwandlung eines gewöhnlichen Vorlesungssaals in einen Schlafsaal.

Wenn Frau Wenturis wüsste. Vielleicht wusste sie es auch. In argloser Vorfreude sah sie dem Vortrag entgegen. Ihre Sätze waren durchzogen von Ausdrücken überspannter Erwartungen. So als bestünde gar kein Zweifel an dem Erfolg und an der Wirkmacht meines Vortrages, egal worüber ich sprechen würde. »Wir überlassen das ganz Ihnen.«

Ich durchsuchte meine Schublade nach möglichen Vorträgen, die ich hätte halten können: *Dekonstruktion: Eine Einführung*. Oder: *Das Ende der Postmoderne*. Ich habe dieses Ende am eigenen Leib erfahren, in meinen eigenen Vorlesungen. Alles andere als ein geeignetes Vortragsthema. »Sprechen Sie in Ihrem Vortrag über das, was Ihnen auf dem Herzen liegt.« So Frau Wenturis. Das Thema schien ihr nahezu nebensächlich. Wichtig war ihr der Vortrag als solcher, der Umstand, dass der Vortrag unter freiem Himmel vor großartiger Kulisse und von einem habilitierten Gelehrten gehalten werden sollte. »Sie sind doch habilitiert?« Ja, natürlich, versicherte ich ihr.

Ich durchblätterte alte Magisterarbeiten, die mir Studenten vor Jahren eingereicht hatten, auf der Suche nach einem möglichen Vortrag. Die meisten Arbeiten schienen mir nahezu unverständlich – bereits in ihren Überschriften: *Untersuchungen zur ästhetischen und epistemologischen Problematik des Fiktionsbegriffs im Kontext europäischer Ideen- und englischer Literaturgeschichte*. Was könnte aus solch einer Arbeit für ein Vortrag entstehen? Der Vortrag wäre ein unverständliches Grauen. Selbst die gefälligen Magisterarbeiten waren nicht im Entferntesten für Vorträge geeignet. Eine Arbeit ging über *Das Nichts in auswegloser Sprache*. Das erste Kapitel begann mit einem Zitat aus Shakespeares *König Lear*: »Was hast du mir zu sagen?«, fragt Lear seine jüngste Tochter, Cordelia, und sie antwortet:

»Nichts.«

»Nichts?«

»Nichts.«

Mir ging es wie Cordelia. Ich hatte eigentlich nichts zu sagen, nicht nur in diesem Vortrag, sondern auch in meinen Vorlesungen, in meinen wissenschaftlichen Veröffentlichungen, in jeder sprachlichen Äußerung, die mir abverlangt wurde. »Liebe Frau Wenturis, ich habe nichts zu sagen. Nichts.«

+

Das Telefon klingelte. Frederike Tarnart war am Apparat. Ich nahm den Hörer ab und antwortete ihr, ohne Vorwarnung, aus dem Nichts, mit ruhiger Stimme: »Mir geht es bereits besser … Viel besser … Ich habe mit Frau Wenturis telefoniert … Mehrere Male … Natürlich werde ich den Vortrag halten … Zu Beginn des Sommersemesters werde ich wieder auf den Beinen sein … Ich sitze bereits an meinem Schreibtisch und korrigiere Seminararbeiten.« Sie war sprachlos. Ihre Welt schien aus den Fugen. Stets ist sie auf die Zurückweisung irgendeines Widerspruchs eingestellt. Alle denkbaren Bedenken gegen eine Sache scheint sie bereits im Voraus zu ahnen, noch bevor ihr Gegenüber überhaupt Worte findet, sie auszusprechen. Jedes Zögern behandelt sie als Alarmzeichen und Aufsässigkeit – weniger gegen sich selbst als gegen alle Vernunft, gegen die ganze

Welt. Sie spricht so, als wäre sie durch zahllose Überredungsgespräche klug und müde geworden. Nun wunderte sie sich über so wenig Widerstand. Ich nahm ihr die Worte aus dem Mund. Ich schien nicht einmal Angst zu haben. Nicht einmal das. Auch keine Angst vor dem Vortrag. Sie wirkte irritiert, fast beleidigt über das Ausbleiben jedweder Zögerlichkeit. Sie sagte: »Ich freue mich, ehrlich.« Dann legte sie auf.

Später telefonierte ich mit McMurphy. Seine Stimme klang aufbrausend, im Guten wie im Bösen, teils erfreut, teils verärgert: Was mit mir los sei? Wo ich so lange gesteckt hätte? Er fragte allen Ernstes: »Lebst du noch?« Ja, ich lebte noch.

McMurphy ist Professor im Englischen Seminar. Ich fragte ihn nach Vorträgen. Ob er mir für meinen Vortrag einen seiner Vorträge ausleihen könne? Er ist im Besitz zahlloser Vorträge, gehaltene wie ungehaltene Vorträge, geistreiche und weniger geistreiche Vorträge. Er ist ein Vortragsgenie. Überdies Autor einer berüchtigten Abhandlung: *Opus Eroticum.* Eine Skandalschrift, um die ihn viele Kollegen beneiden. Leider sind die meisten seiner Vorträge in englischer Sprache. Für Übersetzungen war es zu spät. Er schlug vor, irgendeinen Vortrag einer bekannten Persönlichkeit zu verwenden: eine Rede von Walter Jens oder Ernst Bloch. Kein Mensch würde das merken. Oder ich solle eine studentische Hilfskraft schicken, die an meiner Stelle den Vortrag halten würde. Er selbst bot sich an, den Vortrag für mich (wenn auch in englischer Sprache) zu halten, doch er war in der besagten Woche bei einem Kongress über *Internet Studies.* Sonst wäre er für mich eingesprungen. »Gerne. Liebend gerne.«

Frau Wenturis, die in regelmäßigen Abständen bei mir anrief, sprach von Martin Heidegger. »Allein die Vorlesungen Heideggers«, die sie noch leibhaftig während ihres Freiburger Studiums erlebt hatte. Welch eine Ausstrahlung von Heidegger ausgegangen sei. Wie überfüllt seine Vorlesungen gewesen waren. »Er las im größten Vorlesungssaal der Universität, und doch war dieser Saal nicht groß genug, um alle Hörer zu fassen, weshalb die Vorlesung in einen zweiten Saal übertragen wurde …« Ausgerechnet Heidegger. Vielleicht hätte ich irgendeinen Aufsatz von Heidegger als meinen Vortrag ausgeben sollen. Aufsätze wie: *Der Begriff der Zeit.* Oder *Die Stege des Anfangs.* Oder aus den *Feldweggesprächen.* Einige Sätze dieser Feldweggespräche las ich laut, ohne eine Vorstellung davon zu bekommen, worum es in diesen Gesprächen gehen könnte.

Abends wählte ich Frau Wenturis' Nummer, um den Vortrag abzusagen – aus zahllosen Gründen: Allein schon aus dem Grund, dass es völlig unmöglich ist, in einem solchen Zustand, in dem ich bin, Vorträge zu halten. Warum sollte ich? »Liebe Frau Wenturis. Es geht um den Vortrag.« Für sie das Stichwort für die Besprechung des Umtrunks nach dem Vortrag. Welche Weinsorten? Ob Fisch oder Fleisch dazu? Oder beides? »Oder sind Sie Vegetarier?« Sie hörte mir kaum zu. Ihre Antworten gründeten auf längst beschlossenen Planungen. Der Vortrag war in ihrem Programm als ein Höhepunkt gesetzt. Ihre ganze Reise zielte auf diesen Höhepunkt, der Fixpunkt unumstößlicher Planungen und ausholender Rundbriefe. Großbuchstabiert stand das Wort Vortrag in einem eigens gedruckten Reisebrevier: Nicht nur das Wort Vortrag, sondern SPANNENDER VORTRAG. Im Anschluss daran: UMTRUNK. Das hieß für sie: fachlich-akademische Diskussionen. Vertiefungen des Vortrages. Fragen und Querfragen.

Im Badezimmerspiegel betrachtete ich mein Gesicht: ein Schreckbild. Ich hustete. Ich sah mich mit den Augen x-beliebiger Menschen – und schaute weg, auf der Stelle. Weg mit diesem Gesicht! Instinktiv griff ich nach der Fernbedienung in meiner Bademanteltasche. So als wollte ich umschalten. Ich brauchte dringend Farbe. Kein Make-up, sondern wirkliche Farbe. Ich prüfte meine Zähne. Schon seit Jahren war ich nicht mehr beim Zahnarzt gewesen. Vor dem Spiegel probierte ich Sprechbewegungen, die meine Zähne hinter hochgezogenen Lippen verbergen könnten. *Ein einziger schlechter Zahn ist der Ruin der schönsten Worte.* Oscar Wilde sagte dies. Er hatte tiefblaue Schneidezähne. Weit schlimmer als meine eigenen Schneidezähne. Wahre Wortruinen. Er sprach seine Bonmots hinter vorgehaltener Hand, hielt sie einige Zentimeter vor seinen Mund, so als wollte er gähnen oder seinem Publikum zuwinken. In dieser Art sprach ich nun vor dem Spiegel, teils gähnend, teils winkend: *Wissen Sie … Sehen Sie … Es ist doch so … So oder so …* Mit hochgezogenen Lippen: *Überdies … Überdas … Überdoch …*

Ich wählte die Nummer meines Zahnarztes, bat um einen Termin. Dringend. Zumindest eine Zahnreinigung. Die Sprechstundenhilfe horchte auf. Ob ich Schmerzen hätte? Nein, keine Schmerzen – aber einen Vortrag. »Ich halte demnächst einen Vortrag.« Ich gab ihr mein Geburtsdatum und meine Versicherungsnummer … Hören Sie … Sie hörte … Sie gab mir für denselben Nachmittag einen Termin: Empfing mich persönlich an der Tür, grüßte lautstark, als wäre ich taub, half mir eigens aus dem Mantel, führte mich an dem Wartezimmer vorbei direkt zum Behandlungsstuhl … Der Zahnarzt kam. Er hatte nur Augen für meine Zähne. Für nichts sonst. Er grüßte nur flüchtig. Sogleich fing er an zu bohren, zu spritzen, zu hämmern, zu schleifen, zu schimpfen: über meine mangelnde Zahnpflege. »Heijeijei.« Warum ich erst jetzt käme? Ich erwähnte den bevorstehenden Vortrag, woraufhin er murmelte: »Auch das noch.« Er gab sich alle Mühe, behandelte mich mehr als zwei Stunden, reichte mir am Ende einen Spiegel, in dem meine Zähne erstrahlten, gab mir weitere Termine, denen ich niemals nachkommen würde, mahnte mich zu mehr Zahnpflege und Zahnseide, ließ ein Taxi bestellen, das mich nach Hause brachte.

+

Frau Wenturis hatte mittlerweile eine lebendige Vorstellung von mir. Sie war sogar vor meinem Büro gestanden und hatte angeklopft … All das ist seit einiger Zeit möglich, auf der neuen Homepage unserer Universität. Sie bietet virtuelle Rundgänge durch die philologische Fakultät, die auf der Homepage schlossartig untergebracht ist – ein Rundgang durch mittelalterliche Gänge, an schweren Türen entlang, auf denen die Namen der Professoren und Dozenten stehen. Per Mausklick kann man an Türen klopfen und eintreten. Man hört sogar ein sonores Herein, wenn man klopft. Woraufhin sich die Tür – knarrend – öffnet und man ein Foto des jeweiligen Dozenten sieht, zusammen mit seiner Vita und seinen Veröffentlichungen. Die Homepage gestattet auch Rundblicke auf überladene Schreibtische und Bücherregale. Mein Büro wirkt auf diesen Bildern wie erdrückt, von meterhohen Bücherregalen ummauert – ich selbst darin aschgrau, eingefallen und um Jahre älter als ich in Wahrheit bin. Durch diese Seiten geisterte nun Frau Wenturis und schrieb mir begeisterte E-Mails über mein Büro und meine imponierende Publikationsliste.

Auf der Homepage sieht man nicht nur die philologische Fakultät, sondern auch – in virtuellen Animationen und Grafiken – die Universität als Ganzes. Gleich einem Rundblick, den man auf einem Aussichtsturm bekommt. Man sieht ihre Vernetzungen (mit sich selbst und der übrigen Stadt) und ihre besonderen Übergänge: die letzten geisteswissenschaftlichen Institute, übergehend in die ersten Ausläufer der Kliniken, Universitätskliniken oder Kliniken, die auf die Universität verweisen, mit der Universität zusammenhängen oder Patienten beherbergen, die an der Universität arbeiten oder studieren oder an ihr zugrundegegangen sind. Beispielsweise eine besondere Abteilung für

Promotions- und Habilitationspsychosen. Kein Wort findet sich auf der Homepage über diese Abteilung, eine berüchtigte Abteilung. Es werden dort Patienten behandelt, die sich über die Jahre (oder Jahrzehnte) an irgendeiner wissenschaftlichen Arbeit abgearbeitet haben und nicht mehr weiterkamen, aus reiner Erschöpfung oder (im Gegenteil) aus völliger Überdrehtheit: wegen irgendeines Theoriegebildes oder Denkgespinstes, in das sie sich verrannt haben; oder wegen eines entfernten Nebengedankens, in den sie sich verstiegen haben. Mancher Doktorand oder Habilitand scheiterte an einer einzigen Fußnote oder einem einzigen Wort – und sei es nur irgendein vom Doktor- oder Habilitationsvater dahergesagtes Wort. Etwa derart: *Beachten Sie auch das Drama des Barock.* Der Doktorvater hätte genauso gut sagen können: *Vergleichen Sie auch Brecht.* Oder: *Gehen Sie doch mal wieder ins Schwimmbad.* Doch er sagt irgendetwas über Barock – mit den schlimmsten Folgen. Ein ganzes Leben kann durch ein solches Wort aus den Fugen geraten. Ich sah Doktoranden mit Wäschekörben durch Bibliotheken hasten, in fieberhafter Suche nach Büchern, die entlegene Seitenarme ihrer Arbeit betreffen, die zu noch weiter entlegenen Seiten- oder Nebenarmen führen, und so weiter und so fort – sich immer weiter verzweigende Gespinste, an denen Doktoranden mit der Zeit verenden. Jahre vergehen hier wie Minuten, und all das nur wegen eines achtlos dahingesagten Wortes.

War es nicht Graf Mirabeau, der einmal sagte: »Andere Staaten besitzen eine Armee, Preußen aber ist eine Armee, die einen Staat besitzt.« Mit gleichem Recht könnte man sagen: Andere Städte haben Universitäten, doch unsere Universität ist eine Universität, die eine Stadt besitzt, die eine Stadt ist. Der ganze Ort ist ein Geflecht aufeinander bezogener Einrichtungen und Erinnerungen an die Universität. Wohin man auch geht, man passiert früher oder später irgendein Institut, eine Außenstelle, ein Forschungsprojekt oder sonstige akademische Stätten, die aufeinander aufbauen (wie Fortsetzungsgeschichten) oder ineinander verschachtelt stehen oder die sich kilometerlang hinziehen und auf weitere (oder künftige) Forschungsbereiche vorausweisen.

Meine langjährige Freundin Gesine, die mich besuchen kam, äußerte sich in aller Offenheit: Man komme gar nicht umhin, in dieser Stadt ernsthaft krank zu werden. Welch eine Verschleuderung von Geist und Jugend. Sie nannte all die Institute gedankenlos dahingebaute Fiktionen, denen unbescholtene Menschen jahrzehntelang folgen. Unschuldige Menschen (Studenten) würden diese akademischen Fiktionen in stupider Unterwürfigkeit absitzen. Fußnote für Fußnote. Wie Strafgefangene. Fußnotenstrafgefangene. Sie erlebte diese stupide Endlosigkeit mit eigenen Augen, als sie zwischen zwei Universitätsgebäuden spazieren ging und einige Doktoranden leibhaftig sehen konnte. Sie saßen an ihren überladenen Schreibtischen – in gespenstischen Posen. Einer winkte ihr zu. »Um Gottes willen«, rief Gesine und eilte davon. Tagelang sprach sie von dem gespenstischen Anblick dieser aschgrauen Gestalt mit ihrem greisenhaften Gewinke. Das Winken eines Toten. Wir alle, sagte sie später, wir alle, also auch ich, seien nicht bei Trost, und sie reiste ab, womöglich in Sorge, in dieser Stadt ernsthaft krank zu werden. Oder nicht mehr von hier wegzukommen. Über meine eigenen ständigen Pläne, die Stadt eines Tages zu verlassen, sprach sie wie über die Hoffnungslosigkeit eines Rauchers, der ankündigt, das Rauchen irgendwann einmal aufzugeben. Ach, Gesine!

+

Langsam kleidete ich mich an. Ich durchlief die Wohnung und überprüfte alle möglichen Schalter, besonders die des Herdes, ob sie ausgeschaltet waren. Schließlich nahm ich den Hörer ab und rief das Taxi. Ich erwartete es stehend vor dem Haus. Der Fahrer stieg aus und geleitete mich zur Wagentür. Ich setzte mich in den Fond und ließ mich in die Stadt fahren. Der Fahrer sagte nichts, doch ich glaube, er blickte anerkennend. Für einen Moment sah ich im Rückspiegel meine Zähne. Sie waren so schön wie noch nie.

+

Ich erlebte den Vortrag ohne ein ausgearbeitetes Manuskript, nur geleitet von einigen Namen und vagen Ideen. Noch zu Hause hatte ich mich für eine bestimmte Magisterarbeit entschieden, aus der ich möglicherweise einige

Seiten hätte vorlesen können, eine Arbeit über Tübinger Dichter der Gegenwart. Als ich zum ersten Mal seit Wochen wieder die Universität betrat, liefen mir bereits auf den ersten Metern Kollegen entgegen. Mit keinem Wort erkundigten sie sich nach meinem Befinden. Als ob die Welt immer weitergehen würde. Ob nun mit mir oder ohne mich. Sie liefen mit der allergrößten Beflissenheit und deuteten sogleich auf die Magisterarbeit, die ich bei mir hatte. Sie riefen mir zu: »Na. Wieder eine Magisterarbeit.« Teils bedauernd, teils spöttisch. Bedauern über die lästige Korrekturarbeit, verbunden mit leisem Spott, dass es überhaupt Studenten gibt, die mir Magisterarbeiten einreichen. Jedenfalls sind Magisterarbeiten (meist in weinroten Farben gebunden) weithin sichtbar, auch außerhalb der Universität, zumal wenn ich aus ihnen in aller Öffentlichkeit lese. Was für ein Bild. Ein Mitarbeiter der Universität, der unter freiem Himmel einen Vortrag hält, und sich dabei einer Magisterarbeit bedient. Allein die weinrote Farbe, deren Bedeutung für jeden Kollegen wie Studenten sofort erkennbar ist – und die Stadt wimmelt vor Kollegen und Studenten.

Also ohne jede Unterlagen. Frau Wenturis empfing mich mit ihrer Gruppe vor dem Silcherdenkmal, an dem ich (nach langen brieflichen Beratungen) meinen Vortrag halten sollte, nicht so sehr wegen Silcher, sondern wegen der imponierenden Stadtkulisse im Hintergrund. Sie empfing mich überschwänglich. Auch die um sie herumstehenden Damen winkten mir zu. Ein Raunen schien durch ihre Reihen zu gehen. Ich trug ein einfaches Jackett, keinen

Talar. Ich bin mir sicher, Frau Wenturis wäre über einen solchen Aufzug begeistert gewesen.

Sie führte mich wie einen alten Bekannten (vielleicht ein Studienfreund aus früheren Studententagen) von Gesicht zu Gesicht: »Frau Storm, Frau Olpe, Frau Wöhler, meine Nichte …« Ihre Nichte, die mir ihre Hand reichte, bevor mich Frau Wenturis auf ein Stück Rasen führte, wo ich mit meinem Vortrag beginnen sollte. Sie umrahmte mich mit ausholenden Armbewegungen, sprach mit aufgerissenen Augen ihre einführenden Worte: Ich Professor. Ich ein ausgewiesener Akademiker. Ein Dramen- und Theater- und Goethekenner, Autor einschlägiger Monographien, Herausgeber und Begründer einer Publikationsreihe. »Professor Konrad Monteiro.« Ich hörte die anerkennenden Stimmen ihrer Gruppe, erlebte vereinzelte Blitzlichter gezückter Kameras sah noch den langen Blick von Frau Wenturis' Nichte. Dann wurde es still. So begann mein Vortrag, der erste Vortrag meines Lebens, den ich ohne jede Vorbereitung, ohne Konzept und Plan hielt.

Zwei Stunden vor dem Vortrag hatte ich beschlossen, den Vortrag als akademischen Offenbarungseid zu halten, oder als akademischen Selbstmord (ein überflüssiges Wort), den ich vor ihren Augen begehen würde. Ich hatte entschieden, in völliger Planlosigkeit vor mein Publikum zu treten, nicht wissend, was ich im nächsten Moment sagen würde, ob ich überhaupt irgendetwas sagen würde, außer dem Satz, dass ich nichts zu sagen habe, nach all den Jahren, nach all den Vorlesungen … Ich habe nichts zu sagen. Wie bitte? Nichts. Ich sah Blicke, teils neugierige, teils verwunderte Blicke. Frau Wenturis, ihre Nichte und die Damen. Sie blickten mich erwartungsvoll an.

In diesem Moment wurde mir gewahr, dass mit den Jahren nicht nur meine Worte ins Leere gegangen waren, sondern auch meine Blicke. Sie waren nicht mehr erwidert worden. Noch viel weniger als meine Worte. Zumal von den Frauen. Sie blickten zur Seite oder in eine andere Richtung, wenn ein Blick von mir nur entfernt in ihre Richtung kam. Als fühlten sie sich gestört. Oder so als wären sie peinlich berührt oder alarmiert. Was soll das? Nicht in deinem Alter. Bitte kein solcher Blick. Oder überhaupt irgendein Blick. Auch kein akademischer oder platonischer Blick. Für Blicke schien es zu spät. Oder zu früh.

Ich begann den Vortrag mit dem Offensichtlichsten: Wer ich bin. Und wo ich stand. Ich stand ohne einen Plan vor mir unbekannten Menschen. Ich stand vor dem Silcherdenkmal. Ich sagte, wer Silcher war. Und wann sein Denkmal erbaut wurde. Und wo das Denkmal steht. Es steht auf der Neckarinsel. Ich sprach nur das Alleroffensichtlichste. Auf dem Neckar sah man Stocherkähne. Indem ich dies aussprach, schien es so, als wäre ich es, der dieses Bild herbeigeschafft oder ermöglicht hatte oder es wenigstens mit irgendeinem Sinn erfüllte. Stocherkähne. Einige Damen machten Fotos. Im Sommer, so sagte ich, findet das Leben der Stadt auf Stocherkähnen statt. Es finden dort sogar Seminare und kleinere Vorlesungen statt. An manchen Tagen sieht man ganze Vorlesungsflotten … Ansonsten sprach ich nur das, was man ohnehin sah. Man sah die Eleganz, die Ruhe, die aristokratische Lässigkeit vorbeigleitender Stocherkähne. Man sah die Leichtigkeit der Gondolieri, die auf dem Heck ihrer Kähne standen und den schweren Stocherstab fast beiläufig, mit einer einzigen Handbewegung, aus dem Wasser zogen, in die Luft wirbelten, ihn wieder ins Wasser fallen ließen und dann kraftvoll den tonnenschweren Kahn fortbewegten. Dies machte Eindruck. Statt davon zu sprechen, dass Generationen von Denkern und Dichtern an Ufern wandelten, sprach ich davon, dass diese Denker und Dichter auf dem Wasser stocherten. In Gedanken stocherten. Oder in stochernden Gedanken auf dem Wasser kreisten. Oder sich einfach treiben ließen. Hymnen sind darüber geschrieben worden. Meist vergebliche und längst vergessene Hymnen, aber immerhin Hymnen …

Für einen Moment war ich orientierungslos. Ich deutete – dem Stottern nahe – auf die um uns stehenden Parkbänke und zitierte den Satz von Ernst Bloch: »Nichts ist menschlicher als zu überschreiten, was ist.« Die Damen nickten und machten sich Notizen. Nichts ist menschlicher als zu überschreiten, was ist. Wie wenig dieser Satz für Parkbänke gilt. Besonders wenn Menschen auf ihnen sitzen. Auch jetzt saßen wieder einige Stundenten auf diesen Parkbänken. Nicht anders als sonst. Jeder für sich. Ohne einen Blick für den anderen. Kein Meter Abstand wird zwischen diesen Bänken je überschritten. Kein Meter. Weder mit Schritten noch mit Blicken. Vielleicht nicht einmal in Gedanken. Jahrelang erlebte ich die Unerbittlichkeit dieser Bänke: ihre Unverrückbarkeit, ihre strenge Privatsphäre, ihre ganze Vergeblichkeit. Generationen von Menschen, überwiegend Studenten und Studentinnen, saßen all die Jahre mit mir, und ich mit ihnen. Insgesamt saßen wir Tausende von Stunden, mit Büchern oder ohne Bücher, alleine oder mit irgendeinem Nebensitzer. Kein Meter Rasen wurde in all den Jahren überschritten. Kein Meter.

Natürlich schrieb ich diese Gedanken nicht mir zu, sondern Bloch: Sagte Ernst Bloch … Notierte Bloch … Und die Damen nickten, geradezu erleichtert, je öfter ich den Namen Bloch nannte. Sagte Bloch, meinte Bloch, nicht im *Prinzip Hoffnung*, sondern in seinen weniger bekannten Schriften. Sowie in einigen noch unveröffentlichten Notizen … Oder, wenn nicht Bloch, dann Uhland oder Hegel. Sagte Hegel, meinte Hegel, nicht in der *Philosophie des Rechts*, aber in einem Brief an eine geliebte Freundin: »Den Neckar werde ich für dich bis zum Trauf der Schwäbischen Alb aufstauen …« Ich zitierte Fiktionen oder fingierte Zitate. Auch deshalb, weil Frau Wenturis Beispiele hören wollte. Beispiele für eine Stocherkahn- oder Neckarhymne.

Mit einem Schwenk wechselte ich das Thema und deutete auf das Inbild der vor uns liegenden Kulisse: Der Turm. Der Turm aller Türme. Hölderlins Turm. Sie nickten vehement, so als hätten sie die ganze Zeit auf diesen Schwenk gewartet. Ein Irrturm. »Wie bitte?« Hölderlin hauste in einem Irrturm. Sie verstanden nicht, doch sie nickten. Vielleicht aus Höflichkeit. Mit einem Fernglas versuchte eine Zuhörerin das Turmzimmer genauer zu sehen. Vielleicht hoffte sie, irgendein Möbelstück oder Accessoire des berühmten Dichters zu erhaschen. »Hat Hölderlin wirklich in diesem Turm gelebt?«, fragte sie und blickte andächtig durch das Fernglas. Und ich antwortete: »Ich weiß es nicht.« Woraufhin eine prekäre Pause entstand und ich hinzufügte:

»Hölderlin war nicht in Tübingen.« Wie bitte? Und ich fuhr fort: »Er ist nicht hier gewesen.« Die Damen wirkten perplex. »Er hatte hier nichts zu finden. Er schaute nicht aus dem Fenster. Er las keine Bücher. Er zog nichts nach sich. Er hinterblieb nicht.« Frau Wenturis schaute mich fragend an. Und ich erklärte ihr, es handle sich um ein Gedicht. »Ein Gedicht?« Ja, ein Gedicht. Sie wirkte erleichtert, und ich zitierte weiter:

Er zog keinen Hut
Er ging nicht über die Brücke
Er legte seinen Arm um nichts

Er ist nicht hier gewesen
Er lebte um keinen Preis

Eine der Damen fragte mich: Ob dieses Gedicht von Hölderlin sei? Nein, antwortete ich, es ist von einer heutigen Dichterin. (Es hing all die Jahre an der Wand über Gesines Bett.) Und ich fügte hinzu: »Die unwirklichsten Dichter, sie leben nicht nur in derselben Stadt, in derselben Straße, sondern im selben Haus.« Und: »Es gibt hier Dichter wie Sand am Meer. Mehr Dichter als es Bäckereien gibt.« Vielleicht hätte ich stattdessen über andere Dinge sprechen sollen, zum Beispiel über die Universitätskliniken und ihre Abteilung für Habilitationspsychosen. Frau Wenturis'

Nichte blickte ernst, doch es gab Damen, die lächelten. Selten erlebte ich derartiges in meinen Vorlesungen. Zustimmendes Lächeln. Ich sprach mich entlang von Anekdoten und Zitaten. Ein Gedanke fügte sich zum nächsten. Gedanken zu Hegel führten zu Gedanken über Marx, führten zu eigenen Gedanken, die ich nicht mir selbst zuschrieb, sondern als fest etablierte Zitate hinstellte: Sagte Vaihinger. Schrieb Fichte. So wie ich umgekehrt die entlegensten Zitate, die mir in den Sinn kamen, als eigene Bonmots ausgab. All das war zugegebenermaßen sprunghaft und erratisch, doch voller Überzeugungskraft und Leben. Ich sah den Vortrag nun nicht mehr als akademischen Selbstmord, sondern als Abschiedsvortrag oder als Abschiedsvorlesung. Manche Sätze sprach ich Häusern oder öffentlichen Gebäuden zu. Ich deutete auf die angeblichen Portalinschriften entfernter Gebäude, die die Dame mit ihrem Fernglas zu entziffern versuchte. »Sehen Sie es? Können Sie es erkennen?« Ja, sie glaubte es zu erkennen. Beispielsweise den Satz: *Geh mit der Zeit, doch komme von Zeit zu Zeit zurück.* Oder: *Kein Künstler sollte je von seinem Podest steigen.* Nichts dergleichen stand auf diesem Haus, doch die Dame mit dem Fernglas ließ es sich nicht nehmen, den Satz Wort für Wort zu entziffern und den anderen vorzulesen. So begann ich, meinen Vortrag immer weiter zu verräumlichen, indem ich Wörter und Sätze an Giebel und Torbögen und Kirchen heftete. Fast jedes zweite Gebäude wurde zu irgendeinem Satz (Sätze von Tolstoj bis zu Vaihinger und Nietzsche), die meine Zuhörerinnen mit gereckten Köpfen und lang andauernden Blicken auf sich wirken ließen.

Sie nickten, sie murmelten, sie notierten, sie schwiegen. Und sie befragten mich zu immer weiteren Gebäuden, auf denen sie Worte oder Sätze zu sehen glaubten. Die ganze Stadt schien ihnen eine Aufeinandertürmung von Worten und Inschriften und Sentenzen.

Ich hörte Applaus. Als ich mit meinem Vortrag schloss, hörte ich ernsthaften Applaus. Frau Wenturis wirkte zufrieden, wenn nicht gar angetan. Sie bedankte sich mit ausgestreckten Händen und mit lauten Worten, lobte den außerordentlich interessanten und geistreichen Vortrag, fragte die anderen, ob es noch Fragen gebe, von denen es gar nicht wenige gab, die ich gerne beantwortete. Ich beantwortete sie überzeugender als ich das in meinen Vorlesungen vermocht hätte. Frau Wenturis' Nichte meldete sich nun. Sie schien etwas sagen zu wollen. Doch sie verstummte. Stattdessen trat sie schweigend auf mich zu. Sie reichte mir ihre Hand. Dann umarmte sie mich.

Ich hörte zum zweiten Mal Applaus. Daraufhin spürte ich die Hand von Frau Wenturis, die sich bei mir bedankte. »Danke, Professor Monteiro. Danke für alles.« Sie erinnerte mich an den Umtrunk. »Vergessen Sie den Umtrunk nicht.« Ihre Nichte war schon weitergegangen. Ohne sich umzudrehen war sie als eine der Ersten Richtung Bus gegangen. Irgendwann stand ich alleine, unter Silchers Denkmal, nur von einigen wenigen Studenten auf den umliegenden Parkbänken beäugt.

+

Ein Taxi stand vor der Universität für mich bereit. Der Fahrer hielt die Tür bereits offen. »Bitte einsteigen.« Ich kam nicht einmal dazu, meine Aktentasche ins Büro zu bringen. Also stieg ich direkt ein. Wir fuhren zum Umtrunk, den Frau Wenturis immer wieder angekündigt hatte. Wir fuhren eine Ewigkeit, kreuz und quer, auf Seiten- und dann auf Schnellstraßen, bis an den Rand Stuttgarts. Dort war er, auf einem bewaldeten Hügel, der Ort des Umtrunks – Blick auf den Fernsehturm und die Weinberge der Umgebung: das Hotel Stauferbad. Ich hatte von dem Hotel gehört, hatte es in Zeitschriften und Prospekten abgebildet gesehen, doch ich hatte nicht wirklich geglaubt, dass es ein solches Hotel in unserer Gegend tatsächlich gibt. Es gibt es. Das Taxi setzte mich eilig ab. Es schien den Ort fluchtartig zu verlassen – während durch den Hoteleingang bereits ein Portier entgegenkam, der mich, so schien mir, auf der Stelle abweisen wollte. Hätte er es getan, ich hätte es ihm nicht übel genommen. Doch er nahm mir mit großer Freundlichkeit die Aktentasche aus der Hand und führte mich ins Hotel, erklärte mir im Hineingehen, ein Zimmer sei für mich reserviert. Ein Zimmer? »Ja, ein Zimmer.« Ich versuchte das Missverständnis aufzuklären, erwähnte den Umtrunk – wahrscheinlich fand er in einem der umliegenden Gasthöfe statt, die der Taxifahrer in der Eile verfehlt hatte. Der Portier führte mich mit beschwichtigenden Bewegungen zur Rezeption. Dort wurde ich mit der größten Selbstverständlichkeit empfangen. Mein Name war bereits gemeldet. Selbst der Vortrag schien dort ein Begriff. Man erwähnte ihn andeutungsreich wie ein Großereignis, das sich herumgesprochen hatte, ein Ereignis, dessen Andenken es zu würdigen galt. So oder so ähnlich wurde mir das alles bedeutet. Jeder zweite Satz beinhaltete meinen Namen und den Professorentitel: »Wünschen Herr Professor einen Begrüßungscocktail?« Ich verneinte. Man reichte mir ohne jede Formalität den Zimmerschlüssel. »Wir wünschen einen angenehmen Aufenthalt.« Ich folgte dem Portier in den Aufzug. Er trug immer noch meine Aktentasche (so als handle es sich um ein eigenständiges Gepäckstück) und erkundigte sich nach weiterem Gepäck, das er jederzeit nachholen lassen könnte. Jederzeit. Wir liefen über schwere Teppiche. Man sank in sie hinein wie in Schnee. Am Ende eines Ganges schloss er ein Zimmer auf, in das ich eintreten sollte. »Bitte! Gehen Sie doch hinein!« Seine Aufforderung klang fast ein wenig beunruhigt wegen meiner zögerlichen Art des Eintretens. Es stimmt, ich trat kaum wirklich ein, ich stand im Eingangsbereich herum. Der Portier legte meine Aktentasche auf eine Ablage. Ich sah eine bombastische Speisekarte, die auf einem Sekretär aufgestellt war, fast wie eine eigene Wand oder Kulisse, auf der in geschwungenen Lettern geschrieben stand: Staufermenü. Bestellungen seien jederzeit möglich, so der Portier, der mir in einer beiläufigen Handbewegung die Raffinessen des Rosenholzschrankes in der Ecke erklärte, in dessen Inneren sich ein Fernseher verbarg, den man jederzeit hervorholen könne. Er erklärte mir das ganze Zimmer, seine Architektur und Geschichte, erwähnte einige der Gäste, die hier übernachtet hatten (Bethmann Hollweg, Heinrich Böll, Joseph Ratzinger), zeigte mir im Gehen noch das Bad mit seinen nostalgischen Armaturen und empfahl mir das hoteleigene Thermalbad im Keller, das über einen gesonderten Aufzug zu erreichen war. Hoteleigene Badesachen hingen im Bad. Dann war ich alleine.

Eine Weile lag ich auf dem Bett und sah das Bild von Frau Wenturis' Nichte. Während des Vortrages war sie im Hintergrund auf einer Bank gesessen. Ihre Blicke hatten nicht nur mir, sondern der gesamten Szenerie gegolten. Ich hatte höflich an ihr vorbei geschaut. Sie hielt ihre Augen geschlossen. Wenigstens für eine Weile. Später schaute sie wieder – durchaus in meine Richtung. Sie streckte ihre Beine unter ihrem Rock. Um die Wahrheit zu sagen: Sie streckte ihre Beine aus ihrem Rock – in meine Richtung. In welcher Beiläufigkeit das geschah. Als wäre es nicht der Rede wert. Als trüge sie keinen Rock, sondern einen nachlässig gebundenen Morgenmantel. Sie streichelte ihre Knie. Und genoss mit ausgestreckten Armen die Sonne. Nichts an ihrer Bank schien aus Holz. Auch nicht die Lehne. Sie saß in aller Bequemlichkeit und Vertrautheit. Am deutlichsten schien mir ihre Vertrautheit mit sich selbst, Vertrautheit mit jedem einzelnen Aspekt ihres Körpers. Allein die Freiheiten ihrer Beine … Als säße sie gar nicht hier, auf einer öffentlichen Bank, sondern bei sich daheim auf einer Couch …

Ich stand auf und studierte die Speisekarte auf dem Sekretär. Ein siebengängiges Staufermenü. Es wurde in goldenen Lettern verkündet. Gemeinsam mit der (kleingedruckten) Bemerkung des Hoteldirektors: Bei dem Menü herrsche Jackett- und Krawattenpflicht. »Wir danken für

Ihr Verständnis.« Ich hatte keine Krawatte dabei – nicht einmal einen Schlafanzug. In der Ecke des Rosenholzschrankes fand ich diskrete Angaben zu den Übernachtungspreisen. Die Preise entsetzten mich. Es klingelte das Telefon. Frau Wenturis erkundigte sich, ob alles zu meiner Zufriedenheit sei? Ob ich mich eingelebt hätte? Die Übernachtung gehe selbstverständlich auf ihre Rechnung. Sie könne mir eine Krawatte ihres Mannes leihen. Und empfahl mir die Annehmlichkeiten des Türkischen Dampfbades und der mannigfachen Saunen.

Soviel zu Frau Wenturis' Umtrunk. Ein Umtrunk, der sich als siebengängiges Menü in einem Fünfsternehotel erwies – inklusive Übernachtung. Alles schien mir an diesem Ort für einen nicht endenden Parcours drohender Fehltritte bereitet. Jeder ungeübte Gast ist dort ein potentieller Mr. Bean. Meine ersten Missgeschicke hatten sich wahrscheinlich schon weithin herumgesprochen: Unsicheres Auftreten, meine ungeputzten Schuhe, ungenügende Trinkgelder. Ich hatte keine Vorstellung, welche Trinkgelder an einem solchen Ort üblich sind: Ob fünf Euro ein Fauxpas, eine Beleidigung oder ein solider Anfang. Ich hatte keine Ahnung. Allein schon die Peinlichkeit der Aktentasche. Nicht parkettfähig. So das wahrscheinliche Verdikt. Ich malte mir aus, was einem unbedarften Außenseiter an einem solchen Ort alles zustoßen könnte. Beginnend mit dem Schild, das an der Türklinke hing: *Bitte aufräumen!* Was ist, wenn ein Gast das auf sich bezieht und tatsächlich anfängt, das Zimmer aufzuräumen, von der Rezeption hierzu Putzsachen und Staubsauger erbittet, und nach getaner Arbeit den Hoteldirektor ruft, ihm das Zimmer zeigt und ihn fragt, ob alles zu seiner Zufriedenheit ist?

Auf Schritt und Tritt wurde ich von Bediensteten verfolgt. Ob alles bestens sei? Ja, alles bestens. Ihre Erkundigungen erinnerten an den Tonfall von Ärzten oder Pflegern, die an ein Krankenbett treten, in Sorge um den Gesundheits- und Gemütszustand eines hoffnungslosen Patienten. Als würden sie um jeden einzelnen Gast ernsthaft bangen, ob sein Betragen der fragilen Vornehmheit des Hotels gewachsen ist. Ihre Bewegungen waren deshalb in ständiger Bereitschaft des Abwendens möglicher Fehltritte, die das hoteleigene Gefüge gefährden könnten. Sie wichen nicht mehr von meiner Seite. »Herr Professor Monteiro.« Man könne mir eine Krawatte leihen. Sie reichten mir ein Buch mit Krawattenmustern, die man mir zur Auswahl stellte. Ich wählte das Modell HUNTER. Als ich mich setzen wollte, eilten zwei Kellner herbei und rückten mir den Stuhl zurecht. Keine Ursache, sagten sie. Sie sprachen mich mit dem Professorentitel an. *Oui Monsieur le Professeur.* Abendessen sei um 20 Uhr.

Beim Eintreten in das Thermalbad empfing mich eine Kosmetikerin. Ob ich eine Massage wünsche? Eine Gesichtsmassage? Oder eine Gesichtsreinigung? Danke, nein. Ich suchte so schnell wie möglich eine Umkleidekabine auf. Auf der Ablage standen verschiedene Flakons mit Parfüm, aus denen ich mich bediente. Dann setzte ich mich in eine der zahllosen Saunen. Ich war alleine. Der Gedanke schreckte mich, einige von Frau Wenturis' Damen könnten zu mir stoßen, mit allerlei Fragen zu meinem

Vortrag. Ich begab mich deshalb ins Freie, um mich in einem Moorteich zu kühlen. Als ich wieder hinein wollte, war die Tür verschlossen. Sie war ins Schloss gefallen. Ich eilte zurück in den Moorteich. Ich leugnete die Tür. Ihr Schloss schien mir ein Versehen, eine optische Täuschung, ein vorübergehender Fehler. Allmählich begann ich zu frieren. Ich stieg aus dem Moorteich und versuchte die Tür ein zweites Mal zu öffnen. Sie war noch immer verschlossen. Ich gab Zeichen. Es war niemand zu sehen. Mir wurde derart kalt, dass ich mich auf die Suche nach einer anderen Tür machte. Ich fand keine. Stieß auf meinem Weg um das Haus gegen Regentonnen und Gartengeräte. Hinter einer Biegung sah ich eine Kellertür. Sie lag bereits in Sichtweite des Haupteingangs. Ich hörte Stimmen und machte sofort kehrt. Einige Minuten lang verbarg ich mich hinter einem Busch. Ich versuchte mich einem rasenmähenden Gärtner bemerkbar zu machen. Er trug Kopfhörer und reagierte nicht. Schließlich entdeckte ich einen Notausgang, in den ich flüchtete. Ich folgte einem Korridor, der mich ins Innere des Hotels führte; hörte nach wenigen Schritten Küchengeräusche, lief sofort in eine andere Richtung. Es war der entfernte Duft von Eukalyptus, der mich wieder zurück in den Saunabereich leitete. An der Kosmetikerin, die mich bereits suchte, führte kein Weg vorbei. Sie sah galant über mich hinweg und reichte mir ein Handtuch. Sie entschuldigte sich tausendfach für das defekte Schloss, in immer neuen Worten, mit immer weiteren Erklärungen. Doch im tiefsten Inneren war ich es, der sich entschuldigen musste.

Während des Abendessens sprach Frau Wenturis über Heidegger und Bloch und über mich. Ich würde mich ausdrücken (denkerisch, poetisch, grüblerisch) wie Heidegger. Meine ganze Art erinnere sie entfernt an Heidegger. Ich wies dies zurück, doch sie bestand darauf. Die Damen ihres Literaturkreises saßen im ganzen Speisesaal verteilt und grüßten mir zu. Auch Damen, die mir gar nicht zu dem Literaturkreis zu gehören schienen. Man bedauerte mich ob des Missgeschicks mit der verschlossenen Tür. Der Hoteldirektor war untröstlich. Er kam zu uns und reichte mir einen Gutschein für ein komplettes Wochenende. »Es wäre uns eine unendliche Freude.« Frau Wenturis befragte mich zu Hölderlin. Wie ich das erste Buch des Hyperion verstehe? Nach und nach traten die Damen ihres Literaturkreises zu uns. Sie hielten mir Bücher entgegen, die ich signieren sollte. Es handelte sich um Breviere und Stadtführer. Teilweise auch um Ansichtskarten. Sie zeigten mir, wo ich am besten unterschreiben sollte. »Bitte hier. Nein, hier!« Eine Dame legte mir meine Habilitationsschrift vor. Meine Habilitationsschrift? »Ja, Ihre Habilitationsschrift.« Sie hatte sie in einem Antiquariat erworben und bat mich um eine persönliche Widmung. Sie wolle noch heute Abend darin lesen. Sie dankte für den geistreichen Vortrag und empfahl sich. Jemand fragte, ob mein Vortrag auch als Hörbuch vorliege? Sie würde ein solches Hörbuch gerne in ihrem Bekanntenkreis verschenken. All das, während Frau Wenturis in leisen Andeutungen sich danach erkundigte, ob ich möglicherweise bereit wäre, eine Doktorarbeit zu betreuen, eine Arbeit zum Ereignis-Denken bei Heidegger, die sie schon seit ihrer Studienzeit schreiben wollte. Sie nahm meine Sprachlosigkeit als ernsthaftes Interesse, war kaum mehr zu bremsen. Von ihrer Nichte keine Spur. Frau Wenturis erwähnte sie nur sporadisch: Ihr Abitur, ihre Jugend, ihre ungestüme Art, ihre vielen Reisen … – dies nur an den Rändern ganz anderer Themen: Heidegger und Hölderlin. Heidegger und die Frauen. Heidegger und die Literatur. All das machte mich betrunken. Frau Wenturis bestellte Flasche um Flasche. Je länger das Essen dauerte, desto mehr näherte sich das Dinner in der Tat einem Umtrunk. »Ich trinke auf Sie, Herr Professor.« Sie trank auch auf mein Vortragstalent (eine Absurdität), meine literarischen Kenntnisse und designierten Forschungsprojekte … Auf meinen nächsten Vortrag im nächsten Jahr … Wie sehr sie sich darauf freue … Sie verabschiedete sich gegen Mitternacht – mit beiden Händen und einem nicht endenden Blick.

Nachts lag ich wach und blätterte die Bilder meines Vortrags vor und wieder zurück. Wie sie, die Nichte von Frau Wenturis, während des Vortrags auf der Bank gesessen hatte, mit ausgestreckten Beinen und einem abwesenden Blick, offensichtlich gelangweilt, kaum anders, als meine Studenten in meinen Vorlesungen sitzen würden, um dann aus dem Nichts aufzustehen und auf mich zuzugehen – ohne ein Wort. Oder eine Erklärung. Es wäre ein Leichtes zu sagen: Sie tat es aus Mitleid oder Langeweile. Oder Boshaftigkeit. Oder aus einer Spiellaune heraus. Vielleicht sogar aus Erleichterung über das Ende des Vortrages. Doch bei aller Direktheit wirkten ihre Bewegungen nicht blasiert.

Eher verunsichert. Wenn nicht unbeholfen. In größter Verlegenheit. Dem Wagnis ihrer Handlung entsprechend. Und doch, mit welcher Direktheit und Anmut sie auf mich zugetreten war. Und mit welchem Risiko, ihrer Umarmung völlig ausgeliefert zu sein. Was wäre gewesen, wenn ich mich weggedreht hätte … Danach waren wir uns für einen kurzen Moment gegenübergestanden. Ich glaube, ich bedankte mich. Aus reiner Verlegenheit und … Dankbarkeit. »Danke.« Ich reichte ihr ein Buch, das ich in meiner Hand hielt – woraufhin sie mich erneut umarmte. Ich spürte ihre weiche Haut und ihre Hand und vielleicht sogar ihre Lippen. Das Weitere erinnere ich nur noch vage. Die ganze Nacht lag ich in ihrer Umarmung.

+

Sie klopfte an meine Bürotür. Natürlich merkte ich davon nichts. Erst später berichtete sie von ihren virtuellen Besuchen auf den Gängen des Deutschen Seminars. Sie wurde sogar angesprochen, von einer künstlichen Stimme, die sie fragte: »Suchen Sie jemanden?« Später dann war sie als E-Mail auf meinem Computer. Sie schrieb: »Erinnern Sie sich noch an mich? Ich bin Faba.«

Ihre ersten Zeilen waren voll devoter Ironie, angesichts der Monstrosität der universitätseigenen Homepage. Erst später erklärte ich ihr, dass diese Homepage kaum etwas mit mir zu tun habe, sondern eine Dienstanweisung des neuen Rektors sei, ein entschiedener Befürworter modernster Internetauftritte. Stundenlang hatte sie sich die Homepage angeschaut. Beiläufig erwähnte sie, dass sie sogar Teile meiner letzten Vorlesung gehört habe. Auch das ist seit neuestem auf der Homepage möglich. Mir graute bei dem Gedanken. Doch sie schrieb zunächst nichts über die Vorlesung. Sie freute sich. Sie erinnerte sich. »An den Vortrag … An das schöne Wetter … An die Häuser mit ihren sonderbaren Sätzen …« Sie fragte nach dem Silcherdenkmal, unter dem ich meinen Vortrag gehalten hatte: Wie es Silcher gehe? Ob er noch immer so streng blicke? Und sie musste schallend lachen, als ich sie in meinen ersten Antwortbriefen mit Frau Wenturis ansprach. »*Don't be absurd.*«

Sie fragte mich: Wie es mir gehe? Was ich mache? Sie erwähnte sogar den Umtrunk: Ob ich das Hotel gut überstanden habe. Sie schien bestens Bescheid zu wissen, über das Hotel und meinen Aufenthalt in diesem Hotel, auch über meinen Irrgang nach der Sauna. Ob ich in meinem Zimmer gut geschlafen habe? – in Heinrich Bölls Bett. »Oder war es Joseph Ratzingers Bett?« Und sie fügte hinzu, dass bei ihr daheim ein solches Hotel undenkbar wäre.

Sie kam auf meine Vorlesung zu sprechen. Bitte nicht! Sie hatte Teile meiner letzten Vorlesung auf der Homepage gehört. Sie fand die Vorlesung interessant – aber nicht hinreißend. »Der Vortrag, er war hinreißend.« Später schrieb sie fast beschwichtigend: »Sicher habe ich nicht alles von der Vorlesung verstanden.« Sie fand manches, das sie verstanden hatte, durchaus interessant. Zum Beispiel den

Gedanken, dass die Sprache der Bühne oft ein vergebliches Ansprechen ist gegen die Macht unausgesprochener Regieanweisungen. Das fand sie interessant. Dass das Drama ein vergebliches Gegen-Ansprechen ist. Gegen alles Mögliche: gegen die Worte anderer Figuren, gegen die Handlung des ganzen Stückes, gegen die Unerbittlichkeit der ganzen Welt. Sie bedankte sich für diesen Gedanken. Wie auch für das Oscar-Wilde-Zitat, mit dem ich die Vorlesung eröffnet hatte. »Bei diesem Zitat musste ich innerlich jubeln.«

Sie fand meine Stimme schön.

Ich lenkte das Thema auf irgendeinen Hinweis ihrer selbst. Zum Beispiel auf ihren Wohnort. Ob sie wie ihre Tante in Berlin wohne? Was sie dort mache? – völlig verfehlte, geradezu misslungene Fragen, die alle ins Leere liefen. Sie antwortete: Es sei unhöflich, einen Menschen nach einem Wohnort oder Beruf zu fragen. Ich gab ihr recht.

Sie lenkte das Thema auf mein Büro, erschrak über die Unmenge an Büchern, die auf den Fotos zu sehen waren. Selbst über dem Waschbecken türmten sich Bücher. Sie hatte Unmengen erwartet, aber nicht dieses Ausmaß. Vergeblich hatte sie nach einem Bild, nach einer freien Wand, nach einem Ausblick gesucht.

All die Regale: Sie wirkten auf sie nicht mehr wie Regale, sondern wie eine zweite Wand. Sie sprach von meiner doppelwandigen Existenz. »Eine äußere Hauswand umstellt von einer inneren Bücherwand.« Man könnte die äußere Wand abtragen, und ich würde es vielleicht nicht einmal merken. Sie schien über mein Büro ernsthaft erschrocken.

Sie fragte mich: Ob ich nie an die frische Luft ginge?

Oder nur dann, wenn ich im Freien Vorträge hielte? Und sie schloss mit der Bemerkung: »Ich würde gerne von so vielen Dingen erzählen. Also lass ich ein paar Zeilen frei, da steht alles Weitere drin … Faba.«

+

Sie ließ von meinen Vorlesungen nicht ab. Warum ich in meinen Vorlesungen kein einziges Mal »Ich« sagte? Sie stellte derartige Fragen in betonter Arglosigkeit, wenn nicht Ahnungslosigkeit, so als hätte sie noch nie eine Universität von innen gesehen. Warum ich in meinen Vorlesungen nie »Ich« sage? Warum sollte ich. Wenn ich es doch sei, beharrte sie, der die Vorlesung halte. Warum ich dann nicht offen hintrete: Hier bin ich, und ich spreche ganz offen, in meiner eigenen Person, nicht im Namen so vieler anderer Personen, die ich die ganze Zeit zitiert habe. Warum ich immerzu in Zitaten rede? Nur um Dinge zu sagen, die ich selber viel besser auf den Punkt bringen könnte.

Ich bin Akademiker, und kein Prediger – so mein Versuch einer Antwort. Eine Vorlesung ist nichts weiter als eine Vorlesung. Warum sie nur – aus der Ferne – so viel Aufhebens um eine Vorlesung macht.

Warum ich – so ihr nächster Einwand – in meinen Vorlesungen immerzu im Passiv spreche: *Es wird.* Statt: *Ich werde.* Oder: *Es ist.* Statt: *Ich bin.*

Weil das so üblich ist. Weil es vielleicht sogar unvermeidlich ist und weil es im Übrigen völlig unerheblich ist … Manche ihrer Briefe leitete sie mit Sätzen ein wie: »Bist Du noch da?« Oder: »Bist Du in Ordnung?« Als ob sie sich entschuldigen oder vergewissern wollte.

Ich stellte sie mir vor in einem großbürgerlichen Haus der Gründerzeit, vielleicht in Berlin Charlottenburg oder im Grunewald, ein Haus mit zahllosen Erkern und Zimmern, in dem sie mit ihrer Tante wohnte, oder vielleicht auch ohne ihre Tante, in irgendeiner Wohnung, alleine oder zu zweit oder mit vielen anderen – alles schien mir möglich. Auch Hausboote oder Plattenbauten. Wer weiß. Ich fand in den Berliner Telefondateien nicht einmal ihren Namen. Und doch sah ich sie in keiner anderen als in dieser Stadt, allein schon wegen des Tonfalls ihrer Stimme, die ich nie wirklich erlebt hatte, die ich aber deutlich aus ihren Briefen heraushörte. Je öfter ich an sie dachte, umso deutlicher sah ich sie in großräumigen Wohnungen und Häusern, in einer Überfülle von Zimmern sich bewegend: Schlafzimmer, Ankleidezimmer, Musikzimmer, Zwischenzimmer, Nebenzimmer … Womöglich weil sie in einem ihrer Briefe einen langen Flur erwähnt hatte. Oder weil sie mir in einem anderen Brief einen hinreißenden Theaterdialog schickte, der meine Vorstellungen beflügelte. Sie ließ offen, ob dieser

Dialog von ihr oder von irgendeinem Dramatiker war. Und wenn von ihr, ob dieser Dialog Fiktion oder Realität war. Sie hätte wohl geantwortet: Was ist der Unterschied. Der Dialog begann mit der Regieanweisung: *Mutter zieht Tochter in ein kleines Schlafzimmer.* Ich muss gestehen, die Regieanweisung betörte mich. So als verkehrten Mutter und Tochter (ob nun in Wirklichkeit oder in Fabas Phantasie) in palastartigen Häusern, die über unzählige Zimmer verfügen, allein schon über eine kaum zu ermessende Anzahl von Schlafzimmern. Große Schlafzimmer und kleine Schlafzimmer. Schlafzimmer für die unterschiedlichsten Anlässe und Gelegenheiten … *Mutter zieht Tochter in ein kleines Schlafzimmer.* Die räumlichen und sozialen Ausmaße dieser kleinen Regieanweisung, ihre Selbstverständlichkeit und Nonchalance. Womöglich ein Zimmer, das in der Geschichte dieses Hauses nur ein einziges Mal eine wirkliche Funktion und Bedeutung erlangt, in eben diesem Dialog, ein beiläufiger Dialog, der Beiläufigkeit einer solchen Regieanweisung entsprechend. Ich könnte Vorlesungen halten, nur über diese eine Regieanweisung.

Einmal träumte ich: *Sie zog mich in ein kleines Zimmer und fragte: Willst du tanzen?*

Belfast. In irgendeinem Satz erwähnte sie Belfast. Etwa folgender Art: Dass so etwas in Belfast undenkbar wäre. Beinahe hätte ich den Satz überlesen. Nur aus Höflichkeit fragte ich nach: In Belfast? »Ja, in Belfast.« Warum gerade Belfast? »Weil ich in Belfast studiere.« Ihre Antwort drang nicht wirklich zu mir durch. Belfast. Die Stadt lag außerhalb meiner Vorstellung. Für einen Augenblick verwechselte ich Belfast mit Dublin, die Hauptstadt der Republik Irland, immerhin die Stadt Jonathan Swifts und Oscar Wildes, auch wenn diese Stadt in Zusammenhang mit Faba deplatziert schien. Noch viel abwegiger aber empfand ich Belfast. Der genaue Kontrapunkt zu Tübingen. Vielleicht auch der Kontrapunkt zu ihr selbst. Sie hätte auch Beirut oder Bagdad sagen können, ebenfalls Bürgerkriegsstädte, die mit dem Buchstaben B beginnen, und ich hätte ihr das sogar geglaubt, weil diese Orte jenseits aller realistischen Vorstellungen liegen. Allenfalls Fernsehvorstellungen. Belfast. Sie hätte keinen größeren Kontrast finden können. So als wollte sie mir zurufen: Ihr habt ja keine Ahnung. Und ich stimmte ihr zu, noch bevor sie selbst davon schreiben konnte: Wir haben ja keine Ahnung. Und sie widersprach mir nicht.

+

Sie räumte ein, wie gewöhnungsbedürftig eine solche Stadt sei. »Wenigstens im Vergleich zu anderen Städten.« Ich fragte sie, ob es nicht klüger wäre, die Stadt zu verlassen. Ihre postwendende Antwort: »Warum sollte ich?«

Sie schrieb zu diesem Thema nur sehr zögernd: »Zum Beispiel die ständige Präsenz von Soldaten mit Maschinengewehren im Anschlag, denen man auf der Straße begegnet, die militärischen Straßensperren, die eine kurze Autofahrt oft zu einer Geduldsprobe machen. Der Griff zur Handtasche, um sie dem Wachmann beim Betreten von Geschäften zu präsentieren. All das ist mir schnell ins Blut übergegangen ...«

»Gottgegebene Wege. Sie marschierten durch unsere Viertel auf *gottgegebenen Wegen.* Sie versperrten uns die Weiterfahrt in die Stadt, auf *gottgegebenen Wegen ...*«

»Woran ich mich nie gewöhnen konnte, waren die Hubschrauber, Choppers genannt, die tage- und nächtelang über den Häusern kreisten und observierten. Lärmende Himmelskörper, die sich meterweise bewegten, in der Akribie eines Staubsaugers, über katholische Stadtviertel hinweg, und jede Bewegung am Boden filmten. Jede Bewegung und Nicht-Bewegung, wenn ich mich zum Beispiel im Freien sonnte, selbst das wurde gefilmt. Und sei es für den Spind der Piloten.«

»Ich hörte von Eltern, die sich nach dem Waffenstillstand bei der Polizei über die nächtliche Abwesenheit der Choppers beschwerten haben. Ihre Kinder konnten ohne den Hubschrauberlärm nicht mehr schlafen.«

Und doch drehten sich ihre Briefe nicht um den nordirischen Bürgerkrieg, sondern um Begebenheiten, wie sie in jedem Land vorkommen: das Wetter, spielende Kinder, Liebespaare am Lagan River. Sie berichtete von zahlreichen unerwarteten Schönheiten an den Rändern des Bürgerkrieges. Beispielsweise der *Lagan Valley Regional Park.* Der Park besteht aus endlosen Wiesen. »Wenn ich über das Gras renne (manchmal barfuss), dann ist es, als würde ich durch mein eigenes Bild fliegen.« Trotz brennender Autos und brennender Barrikaden waren ihre Gedanken von großer Weite für alles Menschliche, für die ganze Welt, ob nun Belfast, Manchester oder Deutschland.

Manchmal saß ich mit der Vorstellung ihres Anblicks im Büro. Beispielsweise der Anblick ihres sonnenbadenden Körpers im Blickfeld eines Hubschraubers. Ich stellte mir vor, wie sie nach Hause kommt, vielleicht von einem Seminar an der Universität, die Post überfliegt, in wenigen Bewegungen ihre Kleidung abstreift, sich auf den Balkon legt und sonnt ... Sich in Selbstbetrachtungen betastet oder streichelt, ein morgendlicher Traum auf ihren gepressten Lippen, auf meinen eigenen Lippen, wenn ich nur daran denke: Wie sie in aller Nacktheit (auch die Nacktheit ihrer streichelnden Hände) daliegt, im Lärm eines Hubschraubers, der über ihr fliegt und von ihrem Anblick nicht ablässt.

+

Sie hörte nicht auf, sich nach meiner Vorlesung zu erkundigen, obgleich ich es eigentlich war, der ihr Fragen stellen wollte: Warum sie gerade in Belfast studiert? Warum nicht, so ihre unterschwellige Antwort. Wie man überhaupt auf eine solche Idee kommen kann? Ob das ein Studienaustausch ist? Oder ein reguläres Studium? Ob Belfast überhaupt eine Universität habe? Welches Fach sie denn studiere?

Sie ärgerte sich über die Wörter *überhaupt* und *denn. Welches Fach sie* denn *studiere.* Für sie war dieses Wort unnötig, herablassend und verletzend. Als ob man ihr ein Studium ohne das Beiwort *denn* nicht zutrauen würde. Dabei richtete sich meine Ungläubigkeit nicht auf sie, sondern auf die Stadt, in der sie studierte. In einer Fernsehsendung über Belfast sah ich Bilder verfallener Häuserwände, die mit martialischen Graffiti besprüht waren. Sie zeigten in die Luft gereckte Maschinenpistolen neben grimmigen Soldatenblicken. Auf einer anderen Häuserwand marschierten endlose Kolonnen zu allem entschlossener Unionisten. Ansonsten waren die Straßen wie leergefegt.

Eine Zeit lang adressierte sie mich mit wechselnden Anreden. Mal mit Herr Professor: *Good morning, Herr Professor.* Oder mit der Bezeichnung *Mr. Angst.* (Eines der wenigen Wörter, das die englische Sprache aus dem Deutschen übernommen hat. Aus gutem Grund.) *How are you, Mr. Angst?* Nachdem ich sie gefragt hatte, ob sie keine Angst habe, in einer Stadt wie Belfast zu studieren.

Unsere Briefe nannte sie nicht Briefe, sondern Gespräche. »*Let us continue our conversation.*« Einmal gebrauchte sie den Ausdruck *text à text.*

Aus dem Nichts heraus fragte sie mich plötzlich: Ob ich alleine sei? Wie bitte? Ob ich alleine sei, ohne einen anderen Menschen, alleine mit mir selbst und meinem Leben …? Ich erklärte ihr, was das Wort All-ein-sein bedeutet. Etymologisch bedeutet es nichts anderes als Eins-sein. Mit sich selbst eins sein. In aller Totalität …

Sie glaubte mir kein Wort.

Manchmal, so schrieb sie, ertappe sie sich bei dem Gedanken, mich an die Hand zu nehmen und mir Belfast und seine Umgebung zu zeigen: die Universität, den Lagan River, den Black Mountain … Um andererseits einzuräumen, dass Belfast für sie ein Provisorium, ein Übergang, ein Untertauchen, ein Luftholen sei. Ihre Briefe folgten einer konsequenten Kleinschreibung, ohne einen einzigen Großbuchstaben. Nicht einmal Namen schrieb sie groß. Beiläufig erwähnte sie, dass sie liiert sei. Für einen Moment erstarrte ich, dann atmete ich durch. Um irgendetwas zu schreiben, fragte ich sie nach dem Wetter. Bis zum Abend blieb ich in meinem Büro. Sie stellte mir in einer knappen E-Mail die Frage: Ob ich noch da sei? Ob ich traurig sei? Meine hastige Antwort: Aber nein, im Gegenteil. Warum im Gegenteil? Ich fand keine Antwort.

+

Als sie zum ersten Mal in meinem Büro anrief, konnte ich kaum etwas sagen. Nicht nur aus Sprachlosigkeit. Es saß mir ein Student gegenüber. »*This is Faba.*« Der erste Student, der seit Monaten in meine Sprechstunde gekommen war. Ausgerechnet an diesem Tag. »Faba Wenturis.« Der Student hatte Fragen wegen einer Hausarbeit, gegen deren Zensur er Einwände hatte. Wie es mir gehe, fragte Faba, während der Student mich eindringlich anschaute. Und wie es Silcher auf seinem einsamen Denkmal ergehe? Ob er traurig sei? Ob ich traurig sei? Ihre Stimme war im ganzen Büro zu hören. Sie sprach davon, wie gerne sie mich besuchen würde. Allein schon um mein Büro zu sehen. Der Student blickte mit stoischer Beharrlichkeit. Ich verstand das Wort Besuch in vielerlei Hinsicht: Besuch auf der Homepage, Besuch qua ihrer Vorstellungskraft, kraft ihrer Briefe und Gedanken. »Möchtest du, dass ich dich besuchen komme?« Der Student, der vor mir saß, war auch nicht durch Handzeichen dazu zu bewegen, einige Minuten draußen zu warten. »Wann soll ich kommen?« Ich antwortete: »Wann immer du möchtest.« Sie fragte: »Was meinst du mit wann immer?« Ich wusste es nicht. Nach einigem Zögern sagte sie: »Bitte habe keine Angst, *Mr. Angst.*« Für eine Weile saßen wir schweigend. Plötzlich fragte sie mich: Ob ich den irischen Regen hören möchte? Und sie öffnete ein Fenster und hielt den Hörer nach draußen. Ich hörte den irischen Regen, und im Hintergrund die langgezogene Sirene eines Polizeiautos …

Sie fragte mich, ob sich der Regen anders anhöre als der deutsche Regen. Ich antwortete: »Ja. Ich denke ja.« Von ihrem Besuch war nicht mehr die Rede. Er schien entweder beschlossen oder wieder vergessen. Über eine halbe Stunde dauerte unser Telefonat. In manchen Momenten schwiegen wir aneinander vorbei. Und über eine halbe Stunde saß mir der Student dabei gegenüber. Als er endlich ging, hatte ich keine Ahnung, was in dem Telefonat genau geschehen war.

In der kürzesten E-Mail, die sie mir je schrieb, teilte sie mir mit: »*I have done it. I have booked the flight.*«

+

Als ich McMurphy in seinem Büro aufsuchte, rief er mir entgegen: »*You look splendid.*« Strahlender denn je. Ehrlich! Warum ich mich so lange nicht gemeldet hätte. »*Take a seat, Konrad.*« Wie mein Vortrag gewesen sei. Er bot mir Sherry an – fragte mich sogleich nach Terminen für mündliche Prüfungen. Er liebt mündliche Prüfungen, bietet sich in der gesamtem Fakultät als Beisitzer für mündliche Prüfungen an. Während die meisten Kollegen derartige Pflichten weiträumig umgehen, fragt McMurphy in sich überschlagender Freundlichkeit: »Gibt es wieder eine Prüfung?« Und er besucht Prüfung auf Prüfung als offiziell bestellter Beisitzer, goutiert den Anblick der Studenten, besonders der Studentinnen in ihrem schwächsten Moment: in einer mündlichen Prüfung, während McMurphy sie mit ausgestreckten Beinen beäugt. Und er lässt es sich nicht nehmen, ihnen seinerseits Fragen zu stellen, selbst wenn eine Prüfung gar nicht im Fach Englisch stattfindet. Je attraktiver eine Studentin, desto ausholender und verworrener werden seine Fragen. Er leitet sie mit der höflichen Formulierung ein: »*As you are aiming for a higher mark, let me ask you a question which goes beyond the immediate agenda of this exam.*« Und sie sind gleichermaßen perplex, über die englische Frage und über die Rede von einer sehr guten Note, mit der sie nicht gerechnet hatten, und sie mühen sich in hilflosen Antworten, getrieben von den sehnsüchtigen Blicken McMurphys, der die Kandidatinnen nun direkt fixiert, mit seinen Augen ihre jugendlichen Körper betastet und streichelt, mit einem Ausdruck der Verletzbarkeit, die vorgibt, er selbst wäre es, der hier in einer ausweglosen

Prüfung sitzt. Bitte nicht! Bitte nicht derartige Schönheit so nah, so greifbar und unbegreiflich nah vor meinem Auge. So McMurphys Selbstgespräche, während die Kandidatinnen – wie Ertrinkende – nach jedem sich bietenden Halt greifen, selbst nach McMurphys Blicken, von deren Bildern sie in diesem Moment nichts ahnen. »Welch eine Prüfung. Welch ein Hals. Welch ein Mund. Und T-Shirt.« Noch Tage nach einer Prüfung kann er schwelgen. Manche Prüfung nimmt mit seiner Anwesenheit kein Ende. »Noch eine Frage. Und noch eine Frage. Und noch eine allerletzte Frage.« – während die übrigen Studenten vor dem Prüfungszimmer hörbar ungeduldig werden …

Wer ihn näher kennt, der bekommt früher oder später Sätze zu hören wie: »Ich liebe alle Frauen. Fast alle.« Sie sind für ihn das schönste Gut der Schöpfung. »Es gibt mehr Bäume als Frauen, aber kein Baum ist so anschmiegsam wie der Leib einer Frau.« Es ist die entwaffnende Offenheit derartiger Äußerungen, die erklärt, warum Frauen ihm in der Tat verfallen.

Er wirkte perplex, als ich ihn zu Irland befragte. Warum gerade Irland? Ob ich dort Urlaub machen wolle? Er riet mir dringend ab. Als ich Belfast erwähnte, war er entsetzt. Ob ich wahnsinnig sei? Eine grauenhafte Stadt.

Später erwähnte ich Faba. Faba und meinen Vortrag. Faba und das Ende meines Vortrages. Faba und ihre Briefe aus Belfast. Faba und … McMurphy war elektrisiert. Er goss Sherry nach. Stellte Frage auf Frage, war bald mittendrin in seinem Lieblingsthema: die plötzliche Nähe fremder Menschen aus dem Nichts. Ohne Vorrede, ohne Worte, ohne Absicherung oder Rückversicherung. Bodenlos im schönsten Sinne des Wortes. Entgegen aller Wahrscheinlichkeit und Gesetzmäßigkeit. Er betonte das Wort Gesetzmäßigkeit. »Was für ein furchtbares Wort. Gesetzmäßigkeit. Am schlimmsten die Gesetzmäßigkeit der Unnahbarkeit: Die Frau als monogames, monotheistisches, wenn nicht *monotono*theistisches Wesen. Selten verschwenderisch, meist sehr sparsam, am sparsamsten mit sich selbst. Was für ein furchtbares Bild: Die unerreichbare Frau, um die wir draufgängerisch werben müssen, der wir mit List und Tricks nachstellen müssen, die wir wortgewaltig weich kochen müssen (wie einen Knochen), die wir weich sprechen müssen (gleich einer ewigen Wasch- oder Weckmaschine), die wir komplimentieren, anbeten, vergöttern, begeistern, beschwören, belügen müssen ... Doch dieses Klischee (wenn man will ein poetisches Klischee) ist triste Realität, keine Erfindung der Männer, noch ihr Wunsch, noch ihre Absicht ... *Show us the contrary,* bedeuten wir Männer ihnen – zumindest mit Blicken. Und wir warten umsonst ... Als ob man verlangen würde, dass Gegenstände nach oben fliegen. Sie, die Frauen, gehen wie Paragrafen eines unerbittlichen Weltgesetzes vorüber ...« Deshalb McMurphys Hang zur Plötzlichkeit und Außerkraftsetzung alles Gesetzmäßigen ... Er war nicht mehr zu bremsen. »Ihr Name ist also Faba?« Er goss Sherry nach.

+

Die Unbeholfenheit ihrer Bewegungen, als sie nach dem Vortrag auf mich zutrat. Als ob sie alle Unbeholfenheit der Welt auf sich genommen hätte, um festen Schrittes auf mich zuzugehen. In den Fotoalben meiner Erinnerung wirkt sie dabei jünger als sie in Wahrheit ist, fast mädchenhaft, in einer Mischung aus Kühnheit und Schüchternheit. Mädchenhaftigkeit ist das Wort: Wie ein Mädchen im Augenblick seines ersten Kusses – doch mit einem Ausdruck, als wüsste sie schon vor diesem Kuss um das Drama zahlloser Liebesgeschichten und deren unvermeidliches Scheitern. Als ob ihr bereits in frühster Jugend die Vergeblichkeit aller Liebe unendlich vertraut wäre. Als stünde sie nicht am Anfang eines langen Liebeslebens, sondern an seinem Ende.

+

Wie sehr meine Zurückhaltung und Schüchternheit sie zu Beginn meines Vortrages beschäftigt hatte. Und in welchem Kontrast diese Zurückhaltung zu dem Inhalt des Vortrages gestanden habe. Eine bestimmte Art meines Blickes habe sie in den Bann geschlagen. Ein Blick, der über meine Worte hinausgegangen sei.

Sie gebrauchte das englische Wort *chaperoned*, zu Deutsch: von Anstandsdamen begleitet. Wäre sie an diesem Nachmittag nicht von Anstandsdamen begleitet gewesen, sie wäre nie gegangen.

Der Umtrunk. Sie verbrachte ihn in aller Einsamkeit spazieren gehend in der Stadt.

+

In McMurphys Büro hängt der Nachdruck eines Bildes von Gustav Klimt. Nr. 107: Danae. McMurphy hat es umgetitelt in: *Der Regen des Zeus.* Als Regen fällt Zeus nachts durch geöffnete Fenster und ergießt sich über die weiße Haut eines schlafenden Mädchens; ihr Mund eine erstaunte Öffnung; ihr zerwühltes Bett voll überschäumender göttlicher Liebe: erotische Agape. Oder: der Regen des Zeus. Am nächsten Tag wird er behaupten: *Ich habe mit dem Mädchen nur gesprochen. Ich redete wie ein Wasserfall. Ich war in meinem Element …* Für McMurphy, der büchersuchend durch sein Büro schritt, ein Programm. Auf seinem Schreibtisch lag seine Abhandlung *Opus Eroticum.* Sie hat den Untertitel: *Handbuch des Verführers.* Der erste Satz lautet: »Ich liebe alle Frauen – fast alle.«

Er erklärte mir, während er eine Flasche Sherry bereitstellte: Die Tristesse der durchschnittlichen Liebesbeziehung bestehe darin, dass unsere erotischen Blicke nicht nach dem Unmöglichen, sondern nach dem rein Möglichen trachten. Die meisten Paare bewegen sich im Bereich des Möglichen. Ihre achselzuckenden Blicke sagen: Mehr war nicht möglich. Sie sagen es teils achselzuckend, teils unverhohlen traurig oder verbittert. Die Verliebtheit folgt nicht eigener Verliebtheit. Sie gibt sich resigniert der Verliebtheit eines anderen hin, die ebenfalls keine Verliebtheit ist, sondern ein Abfinden mit dem Möglichen. Die durchschnittliche Paarbeziehung: Zufallsgefährten des Möglichen. Plattenbaubeziehungen. Und er sagte mir mit einem eindringlichen Blick: »Beharre auf dem Unmöglichen.«

Das Unmögliche und das Südliche. Gegenüber Frauen aus Großbritannien präsentierte er Tübingen als Stadt haarsträubender Unmöglichkeiten: meteorologische Unmöglichkeiten sowie landschaftliche Unmöglichkeiten. Seine Briefe an britische Frauen waren voller Halbwahrheiten und Fiktionen. Er lockte ahnungslose Kolleginnen aus seiner Heimat hier her mit Schilderungen der bevorstehenden Wein- und Olivenernte, zeichnete endlose Lavendelfelder an den Neckarauen, präsentierte Tübingen als mediterranen Ort: Tor des Südens. Oder: Tor in die Provence. Schilderte die Stadt in grotesken Überzeichnungen als zweites Venedig (mitternachtliche Stocherkahnfahrten) oder deutsches Rio de Janeiro (ein endloser Karneval) … Und all die von ihm angeschriebenen Frauen – sie kamen, ob sie seinen landschaftlichen Fiktionen nun glaubten oder nicht. Sie kamen, mit den größten Erwartungen …

Er suchte Bücher für seine Vorlesung zusammen, die er an diesem Morgen halten würde, eine Vorlesung mit dem harmlos erscheinenden Titel: *Phänomenologie der Ästhetik*. Er lud mich zu der Vorlesung ein. Ich verwies auf meine eigene Vorlesung, die ich vorzubereiten hatte. Ich begleitete ihn einige Schritte – am Ende des Ganges sah man bereits die geöffnete Tür des Vorlesungssaals. Man spürte sofort:

ein voller, ein vollgepackter Saal, der in gespannter Erwartung McMurphy entgegenfiebert. Ich drehte ab, ging nach draußen an die frische Luft und stellte mir McMurphys Auftritt bildhaft vor: wie er in den Vorlesungssaal tritt und die Präsenz der überwiegend weiblichen Studenten goutiert. Wie er das Spielfeld seines Auftritts abschreitet. Wie er durch die Überfülle aufmerksamer Frauen- und Mädchengesichter blickt, ihre sommerlichen Kleider und arglosen Körper sieht, ans Pult tritt und schon mit dem ersten Satz (wie von einem Sprungbrett in ein überfülltes Schwimmbecken) in seine Vorlesung springt.

+

Ich erklärte McMurphy, dass ich nicht einmal wisse, wo ich sie unterbringen könnte. Seine Antwort: »In deinem Bett.« Ich hatte kein richtiges Bett. Das alte Bett war in sich zusammengebrochen. Irgendwann nach Gesines Abreise. Bei dieser Gelegenheit hatte ich in jeder Hinsicht reinen Tisch gemacht, kaufte ein neues Bett. Ein Bett ohne jede Illusion. Oder Aussicht auf Doppelheit oder Zusammensein. Ein dezidiertes Einzelbett. Gemäß dem Satz von Rilke: *Wer jetzt allein ist, wird es lange bleiben.* Und so begannen meine kilometerweiten Wanderungen durch Möbelhäuser: von Bett zu Bett, durch ganze Schlafzimmer hindurch, die um jedes einzelne Bett aufgebaut waren … Nirgendwo war ein schlichtes Einzelbett zu sehen, das mir entsprochen hätte.

Allesamt Doppelbetten: Ehebetten, Elternbetten, Familienbetten. Erst nach stundenlangen Umwegen gelangte ich zu einigen Einzelbetten. Doch auch sie erwiesen sich als verkappte Doppelbetten, in kleineren Ausmaßen, wohl wahr, doch nach wie vor Doppelbetten. Ihre Federdecken waren links und rechts zur Seite geschlagen. So als könnten sich jederzeit zwei Menschen dort hineinlegen. Man hört aus dem angrenzenden Bad bereits Zähneputzen, während der geneigte Käufer im Geiste schon in seinem neuen Bett liegt. Den Arm Richtung Bad gestreckt. Es soll mit einem solchen Bett ein Zeichen gesetzt werden: Dass es so (in dieser Einsamkeit) nicht weitergehen kann. Dass es so nicht weitergehen wird. Es spricht aus diesen Einzelbetten stumme Zuversicht. Die zurückgeschlagene Decke sagt: Jederzeit. Jederzeit könnte hier ein zweiter Mensch liegen. Vielleicht schon morgen. Oder übermorgen. Die jetzige Phase ist nur vorübergehend. Ein Bett ist nicht für die Gegenwart, sondern für die Zukunft, eine durchaus vielverheißende Zukunft, die dieses vorübergehende Einzelbett durch weiträumige Doppelheit bereit hält. Es verkörpert durch seine bloße Größe einen ständigen Möglichkeitssinn. Es gibt sich mit dem kargen Jetzt nicht zufrieden. Es will eine tagnächtliche Erinnerung sein, was in einem solchen Grundriss möglich sein könnte. Und selbst wenn die Zukunft nicht eintrifft, so bleibt noch der Verweis auf die Vergangenheit: Bis letzte Woche ..., bis gestern Nacht ... war dieses Bett ... möglicherweise ein reich bedecktes Bett ... Wer könnte irgendetwas anderes behaupten. All diese Betten sprechen uns als Doppelbetten zu: als doppelte Einzelbetten oder vereinsamte Doppelbetten. Es gibt für Einzelmenschen keine Einzelbetten mehr. Ich suchte dezidiert, aber vergeblich nach einem schlichten, ungedoppelten Einzelbett. Man schickte mich im Kreis: von Sonderanfertigung zu Sonderanfertigung. Nur in den Abteilungen für Kinder- und Jugendmöbel erspähte ich einige wenige Einzelbetten, die ich vorsichtig umkreiste, um sie mit einzelnen Modellen aus den Abteilungen für Seniorenbetten zu vergleichen. Diese Betten wirkten wie aufgebahrt. Sie waren viel zu hoch und sahen unbeschreiblich kränkelnd aus. Sie waren eingerahmt von Eckbänken und Herrgottswinkeln. Mein Weg führte mich deshalb immer mehr zu den Kinder- und Jugendmöbeln. Das einzig mir denkbare Modell hieß *Gymnasiast.* Vorsichtig erkundigte ich mich nach diesem Bett, ohne mich als designierten Benutzer preiszugeben. Ich gab mich als Onkel aus und erkundigte mich für meinen Neffen: Wie alt er sei? Noch keine fünfzehn. Und wie groß? Ich versicherte dem Verkäufer, er sei noch relativ klein, jedenfalls für sein Alter nicht allzu groß. Man verkaufte mir das Bett als Jugendbett für junge Erwachsene. Ich kaufte es, nicht vorübergehend, sondern für immer.

+

Sie schickte mir die Flugdaten, die Flugnummer, die genaue Ankunftszeit. Für Momente konnte ich mich nicht wirklich erinnern, ob Frau Wenturis sie bei dem Vortrag überhaupt als ihre Nichte vorgestellt hatte, oder nur als irgendeine Teilnehmerin ihrer Reisegruppe. Ich wusste nicht einmal (mehr) genau, wie sie eigentlich aussieht. Ich glaube: dunkelhaarig. Südländisch. Sie ragte bei meinem Vortrag in jeder Hinsicht heraus: nicht nur durch ihr Alter, sondern auch mit ihrem Aussehen. Als gehörte sie zu der Reisegruppe nicht wirklich dazu, sondern zu einer ganz anderen Reisegruppe, vielleicht eine Reisegruppe aus Spanien oder Italien, obgleich die Idee einer Reisegruppe ohnehin nicht zu ihr passte. Sie wirkte in vielerlei Hinsicht abseits, nicht richtig anwesend, mit ihren Gedanken weit weg – auf eine melancholische Art anmutig, vielleicht sogar bezaubernd. Doch darüber hinaus hatte ich keine wirkliche Vorstellung. Nach all den Monaten waren mir die Bilder (wenn es sie je gab) abhanden gekommen. Hofmannsthal hätte gesagt: Sie zerfielen mir wie modrige Pilze.

»Je poetischer man sich erinnert, umso leichter vergisst man.« McMurphy. »Denn poetisch sich erinnern ist eigentlich nur ein anderer Ausdruck für vergessen.«

Mit wechselnden Bildern sah ich der Ankunftsszene auf dem Flughafen entgegen: Dass ich sie (vielleicht hatte McMurphy recht) womöglich gar nicht wiedererkennen würde. Oder ich sie erkennen und mit einem Blick eine Welt zusammenbrechen würde. Insgesamt hatte ich sie nur Sekunden gesehen. Sie selbst schrieb mir in einer SMS: »Vielleicht wirst Du mich nicht einmal erkennen.«

In aller Bildhaftigkeit versuchte ich mir die Szene einer solchen Ankunft vorzustellen: das Bild einer Frau, die ich kaum wiedererkenne, oder deren Anblick eine schlagartige

Enttäuschung ist, eine Richtigstellung phantastischer Traumbilder, ein konturloses Gesicht, wenn nicht gar ein dezidiert abstoßendes Gesicht, das mir am Flughafen entgegenschreiten würde. In abrupten Bildwechseln versuchte ich mich auf den Empfang jedes denkbaren Frauentyps einzustellen. Wer auch immer erscheinen mochte. Ich wollte ihr einen würdigen Empfang bereiten. Wollte nicht das geringste Anzeichen von Enttäuschung von mir geben. Wollte sie mit einer einzigen, fraglosen Bewegung umarmen, ihr alle Sorgen nehmen, dass sie im Augenblick ihrer größten Verletzbarkeit zurückgewiesen werden könnte. Man kann über ihren Besuch denken wie man will, es ist ein mutiger, ein aufrichtiger, ein risikoreicher, vielleicht sogar ein verwegener Schritt – es wäre undenkbar, sie in dem Moment, wo sie ihn vollzieht, ins Nichts zu stoßen.

Sekundenweise sah ich ihren Gesichtsausdruck vor mir: Beispielsweise ihren sehnsuchtsvollen Blick, der ins Weite (oder auch ins Leere) geht. Oder ihre Verschlossenheit und Strenge. Eine klassische Strenge, die vielleicht nichts anderes ist als klassische Schönheit. Dies einhergehend mit einem melancholischen Grundton, einer zerbrechlichen Befindlichkeit. Andeutungsweise auch launenhaft und primadonnenhaft. Für Momente sah ich sie als ballettanzendes Mädchen vor mir. Und: Sommersprossen. Ich erinnerte mich nun, sie hat Sommersprossen. Trotz ihrer dunklen Haare. Und dann verfielen wieder derartige Bilder, und ich fragte mich: Ob wirklich einnehmend oder nur andeutungsweise schön. Eine Erscheinung auf den ersten oder erst auf den zweiten oder gar dritten Blick? Bitte nicht erst auf den zweiten oder dritten Blick! Bitte nicht! Je länger ich an sie dachte, desto jünger schien sie mir. Ich schloss meine Lider, und für einen Augenblick glaubte ich in einer anderen Zeit zu sein, vielleicht bei einer Schulfeier in meiner Jugend, mit ihr in einer Klasse, auf dem Weg in den Schulhof.

In McMurphys Worten: Ob sie das Mögliche oder das Unmögliche verkörpert. Wenn das Unmögliche, dann würde sie wahrscheinlich gar nicht kommen.

Wie immer sie aussieht, es geht um die Kunst, sich blitzartig auf jedes denkbare Gesicht einzustellen, nicht nur in Höflichkeit, sondern in reiner Verliebtheit. Ich exerzierte dies auf meinem Weg zur Uni, fixierte auf der Straße alle möglichen Frauengesichter, und übte das Gefühl plötzlich hereinbrechender, wahlloser Verliebtheit. Nicht die Überlegung, ob ich mir möglicherweise vorstellen könnte …, sondern dezidierte Fraglosigkeit und Entschlossenheit: Ich bin verliebt. Keine Frage, ich bin verliebt. Wer immer mir entgegen kommen mag. Wer immer sie auch sein mag. In einer einzigen Sekunde denke ich mir ihr ganzes Leben: ihre Kindheit, ihre Jugend, ihre Eigenheiten und Launen … Auch unser Zusammenleben: Wie wir uns getroffen haben, uns näher kamen, uns gestritten und wieder versöhnt haben. Und so laufe ich auf meinem Weg zur Arbeit durch zahllose Lebens- und Liebesgeschichten hindurch, die ich in großer Ewigkeit erlebe, und erinnere mich an den Gedanken McMurphys, dass die Verliebtheit ihrem Wesen nach promiskuitiv ist. Wir wollen mit einer Frau alle Frauen umarmen, und mit allen Frauen wiederum nur eine Frau umarmen. Man verliebt sich, weil man eigentlich in alle Frauen verliebt ist. Alle Frauen: dies verheißt keine Quantität, sondern eine Totalität, die Umfassung des Frauseins an sich. Insofern ist die Promiskuität wieder monogam.

Die meisten der von mir Angeschauten liefen achtlos vorbei. Andere schauten zurück oder wechselten die Straßenseite oder blieben stehen oder fragten mich: »Kennen wir uns?« Ich antwortete mit »nein«. Mir schien, als ob es Frauen gibt, die ebenfalls in wahlloser Verliebtheit auf die Straße gehen. Manche lächelten mich an. Als wüssten sie über meine schlagartigen Verliebtheiten längst Bescheid. Manche blickten verständnisvoll. Als würden sie mich verstehen. Und es sogar gutheißen, eine Liebesgeschichte (mit all ihren Höhen und Tiefen) besser in wenigen Schritten und Augenblicken zu durchschreiten, als dies in jahrelanger Realität zu durchleiden.

»Hallo!«

Ihr Gruß klang überschwänglich. So unvermittelt ich sie angeschaut hatte, so unvermittelt hatte sie zurückgeschaut. Frederike Tarnart. Sie begrüßte mich mit beiden Händen, »mein lieber Konrad«, erkundigte sich nach meiner Genesung und nach meinem Vortrag. Wie gut ich aussehen würde. Nicht mehr so blass und farblos. Vielleicht sagte sie sogar leblos.

Ich ging weiter, sah eine Frau in einem transparenten T-Shirt und mit einem transparenten Blick, dessen Weite die ganze Straße einnahm. So selbstverständlich ich mir ihre Lebensgeschichte ausgemalt hatte, so selbstverständlich hatte sie mich angesprochen.

»Kennen wir uns?«

Ich antwortete, dass ich mich getäuscht habe, dass es sich um ein Missverständnis handle.

»Ein Missverständnis?«

Eine Verwechslung.

»Eine Verwechslung mit wem?«

Ich wusste es nicht.

»Möchten Sie, dass wir uns kennenlernen?«

Ich war sprachlos.

Sie stand an meiner Seite.

Ich entschuldigte mich in zahllosen Worten.

»Sie brauchen sich nicht zu entschuldigen.«

Ich entschuldigte mich dennoch.

Sie fragte mich, ob ich an der Universität arbeite?

Es war sinnlos, dies zu leugnen.

Ob ich Lust hätte, sie zum Kaffee einzuladen.

Ich musste in meine Vorlesung …

Was wäre nicht alles möglich gewesen. Ich hätte die Vorlesung ausfallen lassen und sie zum Kaffee einladen können. Wir hätten uns stundenlang unterhalten können. Ich hätte ihre Anmut kaum glauben können, jedenfalls nicht so dicht an einem Tisch mit mir sitzend. Ich hätte ihr vorschlagen können, sie solle mit in meine Vorlesung kommen. Vielleicht wäre sie nach der Vorlesung noch ein Stück des Weges mit mir gegangen, hätte mir Fragen gestellt, hätte mich bis nach Hause begleitet. Vielleicht. Was wäre nicht alles möglich gewesen …

All das während ich mir Formulierungen für einen umfassenden Brief überlegte, den ich Faba schreiben könnte, ein Brief, der alle Verantwortung auf sich nimmt, der die Notbremse zieht, nicht mir zuliebe, sondern ihr zuliebe, ein nicht endender Brief, der sich in unendlichen Worten entschuldigt ...

McMurphy hätte wahrscheinlich gesagt: »Für Briefe ist es zu spät.«

+

Wer ist sie eigentlich? Oder wer glaubt sie, dass sie ist. Vage liiert. Vielleicht sogar fest liiert. Wenn nicht verheiratet. Oder vereinsamt. Ob nun allein oder zu zweit? Ihr Freund oder Mann womöglich über mich informiert. Tödlich verletzt. Eifersüchtig. Ihr Besuch bei mir eigentlich eine Flucht. Eine Ausweisung. »Er hat mich angeschrieen.« Vielleicht wird sie mir das schon am Flughafen erzählen. »Angeschrieen und in Stücke gerissen.« Sie wird mich um Hilfe bitten. Mit einem flehentlichen Blick. Sie wird mir bedeuten, gar nicht anders zu können als nie mehr abzureisen. Sie wird die Verkörperung des absolut Möglichen sein. In McMurphys Worten: ein Plattenbau. Ein Plattenbau trister Durchschnittlichkeit. In dieser Art wird sie vor mir stehen und nie wieder gehen. Oder, wenn nicht wie ein Plattenbau, dann wie ein verwaistes Paket. Bestellt und nicht abgeholt ...

+

An einem Samstag fuhr ich zum Flughafen, um sie abzuholen. Sie hatte ihr Kommen, ihren Flug, ihre Ankunft mehrfach bekräftigt und bestätigt. Sie hatte ihren Besuch sogar vorverlegt. Nicht der nächste, sondern bereits dieser Samstag. Dieselbe Zeit, dieselbe Flugnummer. »Bist du mir böse? Konrad?« Wie hätte ich ihr ernsthaft böse sein können – sagte McMurphy, der mir ins Gewissen redete: Ich solle mir etwas anderes anziehen. »*Of course you will go!*« Und wenn er mich persönlich zum Flughafen fahren müsse. Obgleich er einräumte, dass es nicht ohne Poetik sei, eine sich anbahnende Liaison kurz vor ihrer Erfüllung abzubrechen. Er zitierte Kierkegaard: »Wenn zwei Menschen sich ineinander verlieben und ahnen, dass sie füreinander bestimmt sind, so gilt es den Mut zu haben, abzubrechen.« Nur dass McMurphy diesen Mut in meinem Fall nicht als Mut sah, sondern als Feigheit. »*Thus, you will go.*«

Er lieh mir sogar sein Auto. Einen MG. Das Steuer ist auf der rechten Seite. Ich holte es früher als notwendig, Stunden vor Fabas Ankunft, um mich einzufahren, um mir die Zeit zu vertreiben, vielleicht auch (McMurphys Worte) um mich einzustimmen. Ich fuhr – mit offenem Verdeck – fast euphorisch – später gedankenverloren – ließ mich unnötig überholen – und überholte meinerseits – ein entgegenkommender Wagen schreckte mich auf – als ich in eine Kurve fuhr – die sich unerwartet lange hinzog – für einen Moment geriet der Wagen außer Kontrolle – ich rutschte über die Fahrbahn – Richtung Wald. McMurphys kostbarer Wagen. Immer weitere Schläge und Stöße verunstalteten seinen kostbaren Wagen. Dann stand ich.

Ausgerechnet McMurphys Wagen. Aus dem Motorraum qualmte es … Ob ich verletzt sei, fragte ein Mann aus einem haltenden Wagen. Nein. Er stieg aus und rief einen Abschleppdienst. Andere Autofahrer hielten. Ihre Blicke galten mehr dem MG als mir selbst.

Als der Abschleppdienst schließlich kam, konnte ich nicht aussteigen. Mein rechtes Bein war nicht zu bewegen. Aus der Hose blutete es. Nichts Arges, kaum mehr als bei einem Sturz von einem Fahrrad. McMurphys unbezahlbarer Wagen. Ein Oldtimer. Er ist drei Jahre älter als ich selbst. Ein Krankenwagen kam. Ich wollte die Sanitäter beschwichtigen und dann wegschicken. »Nur eine leichte Prellung.« Doch sie blieben, kletterten über die Motorhaube ins Auto hinein, fragten, wo genau ich Schmerzen habe, hoben mich dann nach und nach ins Freie, legten mich auf eine Trage, obgleich ich den Weg zum Krankenwagen selbst gehen wollte. Ich bat sie, ein Taxi zu rufen. Man rollte mich über die Straße zum Krankenwagen. Die Türen standen bereits offen. Ich erklärte ihnen, dass ich dringend zum Flughafen muss – ob man mich irgendwie dorthin bringen könnte. Sie schnitten mir meine Hosenbeine auf. »Es geht um einen Gast, aus dem Ausland, den ich abholen soll …« Ich sagte *soll.* Die Sanitäter belegten mein Bein notdürftig mit Mull. »Ein Gast aus dem Ausland, der mit mir rechnet, der keine Ahnung hat, wie ihm geschieht, wenn ich nicht komme …« Sie meldeten mich über Funk in einem Krankenhaus an. Wir fuhren bereits, und ich fühlte, wie ich merklich müde wurde. McMurphys dampfender Wagen verschwand hinter einer Biegung, und ich sah, je näher wir dem Krankenhaus kamen, immer deutlicher die Bilder Fabas am Flughafen: Wie sie mit wehenden Haaren aus dem Flugzeug steigt, in die Ankunftshalle kommt und nach mir Ausschau hält, mit erwartungsvollen Blicken, am Anfang immer noch selbstsicher, jedoch schon bald mit beginnenden Zweifeln und ersten Anzeichen aufkommender Fragen und Nervosität. Sie zündet eine Zigarette an, schaut sich um, geht unauffällig im Kreis, betrachtet sich im Spiegelglas einer Drehtür. Sie versteht nicht, warum ich nicht gekommen bin … Einem herbeigerufenen Arzt sagte ich später: Wie sich jemand im Augenblick größter Erwartung und Verletzbarkeit fühlen muss, wenn er in ein Flugzeug steigt, in ein anderes Land fliegt, dort einen besonderen Menschen erwartet, der dann nicht kommt – ohne ein Wort, ohne eine Erklärung. Im Moment der Ankunft stehen gelassen. Sich selbst überlassen. In aller Öffentlichkeit. Im Treiben eines internationalen Flughafens. Um sie herum herzliche Begrüßungsszenen. Umarmungen zwischen Liebespaaren, minutenlange Umarmungen, die sie sich (vielleicht) während des ganzen Fluges vorgestellt hatte – mit geschlossenen Augen und leicht geöffneten Lippen. Zu Beginn steht sie noch unangefochten. Vielleicht nur eine kleine Verspätung. Noch in der Gewissheit ungebrochener Erwartungen und in der Geborgenheit zahlreicher anderer Menschen, die ebenfalls warten und sehr bald abgeholt werden – schon in den nächsten Minuten. Doch je mehr sich die Ankunftshalle leert, desto offenkundiger wird ihre Lage: angekommen, und nicht abgeholt. Nicht wissend, wohin sie gehen könnte. Oder was sie tun sollte. Warum ich nicht gekommen bin. Keine Möglichkeit ihr zuzurufen, dass ich einen Unfall hatte und im Krankenhaus liege …

In derartigen Bildern sah ich sie, und ich litt mit diesen Bildern. Ich stand an einem Stehtisch in der Eingangshalle am Flughafen und trank (da ich viel zu früh war) Cappuccino um Cappuccino. Der Unfall mit McMurphys Wagen – er war nur ein aufzuckender Gedanke. Ich stand bereits seit Stunden an diesem Stehtisch (hinter einer Säule verborgen) und wartete und dachte an die Möglichkeiten eines solchen Unfalls. Und an dessen Folgen. Ein guter Liebesroman würde an dieser Stelle abbrechen, genau an dieser Stelle, ohne ein Wiedersehen, ohne jede Erklärung, warum ich nicht gekommen bin. Ein solches Ende hält sich in schmerzhafter Offenheit und Unerklärlichkeit, eine Unerklärlichkeit, die (zumindest aus Fabas Sicht) zahllose, lebenslange Möglichkeiten der Deutung enthält – nicht nur harte, sondern auch verständnisvolle Deutungen. Am Ende Deutungen, von denen ich noch gar nichts ahnte … Ich beobachtete die Zeiten und Flugnummern auf der Anzeigetafel. Fabas Flug war dort bereits vermerkt, wenn auch noch ganz unten. Mit der Zeit rückte ihre Ankunft höher und höher. Kein Wort irgendeiner Verspätung. Alles wirkte planmäßig. Ich bestellte nun ein Glas Bier. Ging auf eine Toilette und wusch mir die Hände oder betrachtete mich im Spiegel. Einige wenige Schritte war ich unterwegs zum Parkplatz, zu McMurphys Wagen … Alles was die Nähe zwischen zwei Menschen gemeinhin ausmacht, war mir unbekannt. Ich kannte die Farbe ihrer Augen nicht.

Genauso wenig ihre Hände, ihre Stimme, ihren Geruch, ihre Eigenheiten und ihre Launen. Ich wusste nicht einmal genau, wie sie aussah. Dunkelhaarig und andeutungsweise schön. Vielleicht auch andeutungsreich, wenn nicht gar einnehmend schön. Wie dem auch sei, ein mir nahezu fremder Mensch. Trotz aller Briefe. Ich hatte keine Ahnung, wer sie eigentlich ist. McMurphy hätte wahrscheinlich gesagt: »Umso besser.« Oder: »Wir lieben die Menschen nicht für das, was sie sind, sondern für das, was sie nicht sind.« Ich brach ab – ging wieder in die Eingangshalle des Flughafens, zurück zu dem Stehtisch, der nicht nur hinter einer Säule steht, sondern auf einer Empore, die über die Eingangshalle ragt. Sie würde mich dort oben kaum sehen. Während ich sie von dort oben aus gut beobachten könnte …

Noch daheim hatte ich mir überlegt, die Rollläden herabzulassen und abzureisen: Die Stadt für einige Wochen verlassen. Auf keinerlei Korrespondenz mehr reagieren! Das Telefon nicht mehr abnehmen! Auf die Bürotür in der Homepage schreiben lassen: *Forschungssemester.* Doch dann sah ich McMurphys Wagen und fuhr zum Flughafen. Auf der Fahrt durchdachte ich einige Möglichkeiten, wie ich ihr das Auto erklären könnte und auf welchen Wegen ich sie mit diesem Auto zu mir nach Hause fahren sollte. Keinesfalls auf direktem Wege. Ich dachte daran, die Stadt zunächst einmal zu umkreisen, Randgebiete abzufahren, die Stadt viel größer erscheinen zu lassen als sie in Wahrheit ist; auch um Zeit zu gewinnen: Faba genauer in den Blick zu nehmen, zu ermessen, auf welche Stadtbezirke sie wie reagiert. Wie würde sie beispielsweise auf ein kleines Dorf als Wohnort reagieren? Enttäuscht oder erleichtert. Oder auf Hochhäuser der siebziger Jahre, auf die ich unvermittelt zufahre? Oder auf Wohnbaracken an einem Heizkraftwerk, auf die ich deute, als würde ich darin ernsthaft wohnen? »*Here we are!*« Oder auf einen rostigen Wohnwagen auf dem Campingplatz? Mit derartigen Schreckbildern würde ich versuchen, sie ex negativo auf meine tatsächlichen Wohnverhältnisse einzustimmen. Natürlich würde sie über meine Wohnung ernsthaft erschrecken. Nicht nur über all die Bücher, die sich selbst in der Badewanne stapeln, sondern auch über mein Bett. Sie könnte mit Recht sagen: Ob dieses Bett mein Ernst sei. Noch nie habe sie bei einem erwachsenen Menschen ein solches Bett gesehen. Ob ich zurechnungsfähig sei? Wie ich mit meiner Körperlänge in einen solchen Verschlag zu passen gedenke. Von zwei erwachsenen Menschen ganz zu schweigen. Es war daher völlig ausgeschlossen, sie zu mir nach Hause zu fahren. Ich hatte ein Zimmer im Hotel Stauferbad reserviert. Wenigstens das. Koste es, was es wolle.

Auf der Anzeigetafel war Fabas Flug nun schon sehr weit oben. Er leuchtete bereits: *gelandet.* Zum Weggehen war es nun zu spät. An dem Gepäckband hinter der Glasscheibe sah man die ersten Reisenden. Also verbarg ich mich hinter der Säule und wartete. Als ich nach unten schaute, erkannte ich sie sofort wieder. Sie stand in einer grünen Barbour-Jacke und mit einem kleinen Koffer. Sie wirkte auf eine erstickende Art gewöhnlich: eine gewöhnliche Reisende, in gewöhnlicher Haltung, mit gewöhnlichen

Bewegungen. Ihr gewöhnliches Gesicht stand in keinem Verhältnis zu ihrem Namen, zu ihren Briefen und zu meinen Erinnerungen. Sie wirkte leicht untersetzt, weniger körperlich als in ihrem ganzen Wesen. Um offen zu sein: Sie wirkte nichtssagend. In jeder Hinsicht nichtssagend. Ich sah das Elend endloser Tage vor mir, ein hilfloses Umkreisen in ausweichenden Bewegungen und Gegenbewegungen – und Gesprächen, die mehr Verhandlungen gleichen als Gesprächen: Ob ich sie denn nicht mag? Sie nicht umarmen will? Ihr nicht in die Augen schauen will? – Doch – Aber!? Aber!? Die Endlosigkeit stammelnder Dialoge, die nicht sagen, was sie meinen, oder meinen, was sie sagen, weil derartige Härten nach all den Monaten letztendlich unsagbar sind. Sie wartete unbeholfen. Schaute sich um. Neben ihr wurden Menschen umarmt – oder wenigstens von anderen Menschen empfangen. Sie wirkte achselzuckend. So als wollte sie ihre Lage erklären. Weit gereist und nicht abgeholt. Ins Leere gelaufen. Angewurzelt stehend. Wie ein einsamer Baum. Und obgleich sie wie angewurzelt stand, wirkte ihre Lage bodenlos. Im freien Fall. Sie selbst hatte in einem Brief Bilder einer solchen Ankunft vorweggenommen: »Du könntest Dich hinter einer Plakatwand verbergen und so tun, als wärst Du gar nicht da, mich wie ein Kind herumirren lassen und Dich heimlich davonstehlen. Und ich würde nie wieder von Dir hören. *What a dreadful thought!*« Die Ankunftshalle leerte sich, und sie stand immer noch da, mit ihrem kleinen Koffer, der all das auf den Punkt brachte. Ein Koffer, der einerseits alles Kleine verkörperte (Kleinmütigkeit, Kleinkariertheit, Kleingeisterei), andererseits auf seiner Präsenz mit allem Nachdruck bestand. In aller Deutlichkeit insistierte dieser Koffer darauf, festgehalten zu werden, und in großer Bestimmtheit hielt sie an ihm auch fest, und es war der Anblick ihres Koffers, der mich am meisten traurig machte. Ich war kurz davor, zu ihr zu eilen, sie zu umarmen, sie zu trösten, nicht in meiner eigenen Person, sondern als ein unbeteiligter Mensch, der sich ihrer annimmt, den Arm um sie legt oder wenigstens einen Mantel, und sie auf eine Bank führt. Mittlerweile war sie umgeben von einem Strom neuer Reisender – ein Flug aus Teneriffa. Für Minuten war sie Teil einer neuen Menschenmenge, einer neuen Ankunft, eines neuen Anlaufs. Ihre Haltung strahlte eine letzte Hoffnung aus. So als könnte ich diesmal kommen. Während um sie herum sich Menschen umarmten, und sie aussah, als könnte sie jederzeit auch umarmt werden, derart eng stand sie inmitten zahlloser Begrüßungen und Umarmungen. Sie stand wie eingerahmt. Doch auch diese Ankunft ging vorbei, die Halle leerte sich, und sie stand immer noch da, einsamer und unbeholfener als zuvor. In der Mitte einer nun leeren Halle, wie auf einer Bühne. Sie fiel nun ernsthaft auf …

Natürlich sah sie nicht gewöhnlich aus. Im Gegenteil. Sie war anbetungswürdig. Ich erkannte ihre Anmut schlagartig wieder. Anbetungswürdig. Ihr Haar, ihr ganzer Körper, ihre ratlosen Arme, ihr verletzter Blick. Ich erkannte alles an ihr wieder. Ihre Kühnheit, ihre Einsamkeit, ihre Verletzbarkeit. Sogar das Wesen ihrer damaligen Umarmung erkannte ich wieder, ihre Wärme und ihren tiefen Grund. Selbst die

Sprache ihrer Briefe erkannte ich wieder. Und doch stand ich regungslos über ihr und gab mich nicht zu erkennen. Ich ließ sie vor meinen Augen erstarren. Zwei Polizisten gingen auf sie zu und sprachen sie an. Sie sagte etwas, mit der Andeutung einer Handbewegung. Dann gingen die Polizisten weiter. Sie stand versteinert. Durch keine Begrüßung oder Umarmung der Welt mehr zu bewegen. Durch niemanden und nichts mehr aufzufangen und zu retten. Hin und wieder von neuankommenden Reisenden umspült, dann wieder weithin sichtbar. In ihrer linken Hand sah ich ein Taschentuch, das sie in ihre Tasche steckte, bevor sie – nach einer Ewigkeit – mit langsamen Schritten die Halle verließ.

Meine Beine schmerzten. Ich stand nicht mehr oben auf der Empore, hinter der Säule, sondern unten in der Ankunftshalle und erlebte mich nun in Fabas Lage: eine furchtbare Lage – von einer entfernten Säule aus beobachtet. Ihr Flug war noch gar nicht angekommen, und ich wartete schon seit Stunden, in furchtbaren Bildern, die ich ihr angetan hatte, noch bevor sie überhaupt angekommen war. Ich stand ganz vorne, direkt vor der Drehtür, durch die die ankommenden Reisenden treten. Ich stand unübersehbar. Wie zur Wiedergutmachung. Zu jeder denkbaren Begrüßung bereit. Der Flug war noch gar nicht angekommen. Doch ich stand in unübersehbarer Präsenz. Als mir die ersten Reisenden entgegenkamen, wich ich nicht zur Seite. Ich stand demonstrativ, für jeden Ankömmling sichtbar. Die Begrüßungsszenen um mich herum erlebte ich aus dem Augenwinkel. Ein wenig wurde ich durch den Strom der

Reisenden zurückgeschoben, doch war ich immer noch in Sichtweite der Drehtür. In wenigen Schritten hätten wir uns in die Arme fallen können. In wenigen Schritten. Für einen Moment stellte ich mir vor, dass sie bereits angekommen war, schon Stunden vor ihrer offiziellen Ankunftszeit, sich hinter einer Säule verbarg und mich beobachtete: die Art meines Wartens, meiner vergeblichen Blicke, meiner ratlosen Arme. Der Strom der Reisenden wurde nun deutlich dünner. Es kamen nur noch vereinzelte Geschäftsleute. Sie liefen ohne jede Andeutung einer Begrüßung (oder irgendeiner Erwartung) an mir vorbei. Bald stand ich allein. Im Unterschied zu Faba ohne Koffer. Und ohne ihre Anmut. Dafür mit McMurphys Autoschlüssel. Ich wartete noch auf den nächsten Flug aus Dublin. Und auf den übernächsten. Sowie auf alle sonstigen Flüge aus Großbritannien. Keine Faba. Zu einem gewissen Grad verspürte ich Erleichterung, vielleicht sogar Genugtuung, und sei es nur gegenüber McMurphy. Keine Faba. Auch nicht hinter einer Säule auf der Empore oder sonst irgendwo. Ich wartete bis spät in den Abend. Dann fuhr ich nach Hause.

+

McMurphy bot mir – vielleicht zum Trost – oder auch als Lehrstück – den Beisitz in mündlichen Prüfungen an. Er zeigte mir Listen mit vielverheißenden Studentinnen, die er in den nächsten Tagen examinieren würde. Er zelebrierte diese Prüfungen, bot den ängstlicheren Studentinnen Probeprüfungen an, sogenannte *mock exams*, die er in entspannter Atmosphäre in Caféhäusern abhielt. In seiner Tasche steckte ein Exemplar von *Opus Eroticum,* aus dem er jederzeit zitieren konnte. Er zitierte mit eindringlichen Blicken, zum Beispiel den Satz: »Denn die Verliebtheit ist ein Bild, das sein Modell sucht, aber andere Bilder findet. Gefälschte Bilder betören am meisten.« Oder: »Die Verliebtheit ist bodenlos. Man erkennt sie daran, dass eine Frau nicht die Gründe, sondern die Widrigkeiten ihrer Zuneigung betont. Das Trotzalledem verbürgt heillose Verliebtheit. Das Herausheben von guten Gründen ist bereits eine Durchhalteparole.« Wie ein Filmstar saß McMurphy – in demonstrativen Tweedkleidern – in Studentencafés, umgeben von seinen Studentinnen, die ihm eifrig zuhörten, ihn ergeben anblickten, seine Worte mitschrieben, nicht nur fachliche Worte (seine Studentinnen konnten den Unterschied kaum ausmachen), während außenstehende Beobachter (besonders die Männer) in verbitterten Selbstgesprächen sich fragten: Warum all diese Frauen mit diesem einen Mann. Wer glaubt er, dass er ist. Sie sitzen vereinzelt in stummen Blicken, ohne die Andeutung irgendeines weiblichen Wesens in ihrer Nähe. Sie sitzen um McMurphys Frauentisch herum wie Publikum. Ein gleichermaßen bewunderndes wie verbittertes Publikum. Einmal hielt McMurphy ein Schild in die Höhe, ein Schild, das er aus Großbritannien mitgebracht hatte: *Silence please. Exams in progress.* An einem der umliegenden Tische saß ich selbst.

Ich erhielt weder eine E-Mail noch einen Anruf. Kein Wort einer Erklärung. Keine Nachricht. Keine SMS. Ich hörte auch nichts mehr von ihrer Tante …

Eine Tante und ihre Nichte. Ich verstand das Wort Nichte nun Buchstabe für Buchstabe. Im Sinne von: Nicht. Nichts. Nichte. Nicht oder nichts gewesen. Nie gewesen. Genichtet.

Mit den Monaten schob ich ihr Gesicht, den Anblick ihrer ausgestreckten Beine auf der Parkbank von mir. So weit es ging. Ich hielt mich an den Satz von Musil: »Wenn man durch geöffnete Türen kommen will, muss man die Tatsache achten, dass sie einen festen Rahmen haben.« Ich bewahrte sie mir als überkommenen Möglichkeitssinn. Oder in McMurphys Worten: Unmöglichkeitssinn. Faba als Ausdruck eines unübertreffbaren Unmöglichkeitssinns. Nicht: »Hier ist dies oder das geschehen.« Sondern: Hier hätte geschehen können – unter anderen, besseren Umständen.

Vielleicht hatte sie mir in einem umfassenden Brief ihre Lage erklären wollen, ein Brief nicht endender Erklärungen und Verzweigungen, ein Brief, der sich bemüht, allem und jedem gerecht zu werden, jedes einzelne Wort um Aufrichtigkeit und Würde bemüht, in beschwerlichen Begründungen Wörter einführend und wieder verwerfend … Vielleicht.

Manchmal träumte ich, sie inmitten meiner Vorlesung zu entdecken, gerade dann, wenn ich einen Satz von Oscar Wilde zitiere. Sie sitzt in einem hinteren Rang des Auditoriums. Mit ausgebreiteten Armen auf einem entlegenen

Sitz – links und rechts stehen Koffer und Taschen. Kaum anders als sie in der Wartehalle eines Flughafens sitzen würde, mit leicht vorwurfsvollem Ausdruck, warum man sie so lange habe warten lassen. Sie sitzt mit ausgestreckten Beinen an dem Ort meiner aussichtslosesten Tätigkeit, der Abhaltung meiner Vorlesung über das Drama. Sie öffnet einen Koffer und holt einen Stift und einen Notizblock hervor und schreibt mit. Die anderen Studenten blicken ungläubig zu ihr hoch, ob nun auf sie oder auf ihr lebhaftes Interesse an meinen Worten. Ihr Stift folgt meinen Ausführungen mit großen, weiträumigen Bewegungen. Allein schon die schwungvollen Bewegungen und Geräusche ihres Stifts! Ich gleite mit ihnen in einen ruhigeren Duktus der Sprache und des Argumentierens: Weil A deshalb B deshalb C und auch D. Die Richtigkeit des ersten bedingt die Richtigkeit alles Nachfolgenden. Der Gleichklang deduktiver Logik. Es geht in Vorlesungen um Richtigkeiten und nicht um Falschheiten. Fabas Stift ermutigt mich zu kleinen, ungeplanten Nebenbemerkungen und Anekdoten. Nur aus einer Position der Ruhe heraus ist Derartiges möglich, und die Studenten wundern sich über diese Anzeichen von Ruhe und Stärke. Einige von ihnen machen sich Notizen. Die runden Bewegungen ihrer Stifte folgen dieser Stärke. Schon der Anblick von Fabas Gepäck wirkt Wunder. Eine derartige Aura mühelosen Reisens verbreitet Fabas Präsenz. Von weither mit dem Flugzeug eingeflogen, um – direkt vom Flughafen kommend, ohne irgendeine andere Verrichtung – meiner Vorlesung beizuwohnen. Aus einem Taxi gestiegen, in wenigen hastigen Bewegungen sich aller Kleidung entledigt, und hineingesprungen, wie in einen See an einem heißen Sommertag. Derart wirkt ihre Anwesenheit. Kein anderes Bild hätte mir mehr helfen können als dieser Anblick.

Wenn sie nicht mitschreibt, dann sitzt sie mit ausgestreckten Armen und Beinen, wie unter freiem Himmel, der Sonne zugewandt, nicht anders als auf der Parkbank während meines Vortrages. Irgendwann hebt sie ihren Arm und stellt mir eine Frage, die erste Frage, die seit Jahren in einer Vorlesung an mich gerichtet wird, eine Frage, die von Anfang an Zustimmung und Interesse demonstriert, eine Art des Fragens, wie ich es mir oft ersehnt habe, ein Fragen mit offenen Augen und ausgebreiteten Armen. Und ich erlebe meine Antworten als konzise und treffsicher, stellenweise sogar geistreich. Ihre Fragen gehen immer weiter, über die Vorlesung hinaus, dann wieder auf die Vorlesung zurückkommend. Mal fragt sie wie eine Studentin, dann wie eine Kollegin, dann wie eine Journalistin, fast wie in einer mitternächtlichen Talkshow. So als wäre die Bedeutsamkeit von all dem fraglos gesetzt und bedürfte keiner Erklärung oder Rechtfertigung mehr. Frage – Antwort. Jedes Wort zu meinen Gunsten ausgelegt. Frage – Antwort. Versehentlich spricht sie einige Worte Englisch, findet dann mitten im Satz wieder zurück ins Deutsche, ein wunderbares Deutsch, das gar nicht wie Deutsch klingt. Derart entspannt, gelassen und anmutig spricht sie ihre Sätze. Man merkt nicht einmal den Unterschied, ob sie Deutsch oder Englisch spricht. Beide Sprachen gehen ineinander über. Ich sehe ihre glänzenden Lippen. Und ihre braungebrannten Arme und Beine. Frage – Antwort. Die Studenten trauen ihren Ohren nicht. Wir sprechen über sie hinweg, wie Tennisspieler im Rausch eines endlosen Ballwechsels über ein Netz hinwegspielen. Sie sind nur noch Schatten. Nicht mehr von dieser Vorlesung. Die Ausgelassenheit unseres Wortwechsels ist bereits derart, als wäre die Vorlesung längst vorbei, als wären wir schon auf dem Weg nach Hause.

II.

Ich entdeckte sie – Jahre später – spät nachts – im Halbschlaf. Ihr Gesicht war schlagartig über mir. Ich lag im Bett. Sie blickte mit der allergrößten Geläufigkeit und Vertrautheit. So als wäre nichts geschehen. So als gälte es nicht, irgendetwas zu erklären. Sie blickte mir offen ins Gesicht. Wenn ich von Verlegenheit spreche, dann war es nicht ihre, sondern meine eigene Verlegenheit. Sie blickte ruhig und unverstellt. Ohne Anzeichen von Nervosität. Als würde sie nachdenklich aus einem Fenster blicken. Derart ihr Gesichtsausdruck. Nur dass sie nicht aus dem Fenster, sondern aus dem Fernseher blickte. Als wäre der Fernseher ein Fenster. Mit einem gleichgültigen Druck auf die Fernbedienung hatte ich – wie so oft – den Fernseher eingeschaltet, auf der Suche nach einem schlafspendenden Gleichschritt von Worten und Taten und Bildern …

+

Wie oft ich mir bildhaft vorgestellt hatte, wie Faba – trotz allem – wenn auch verspätet – Wochen, vielleicht auch Monate später – hier ankommen würde, eines Tages mit zahlreichen Koffern vor meinem Büro stehen würde: *Hello.*

Here I am. Wie oft ich mir das vorgestellt hatte. Ihre Stimme, ihre Umarmung – auch die vorsichtige Art, mit der ich versuchen würde, ihre Anwesenheit herunterzuspielen. Ich habe noch einige Dinge in meinem Büro zu erledigen und lasse sie draußen auf dem Gang warten. Allein die Blicke der Kollegen, die an meinem Büro vorbeikommen. Man ahnt ihre Blicke an der Art ihrer Schritte, die zunächst zügig auf mein Büro zulaufen und dann plötzlich ins Stolpern geraten.

Später dann gehen Faba und ich durch die Stadt. Wir wechseln kaum ein Wort. Mit Sorge frage ich mich, wo wir überhaupt hingehen sollten, wo ich sie nachts unterbringen könnte. Wir gehen daher kreisförmig, mit der Zeit kreuz und quer durch die Stadt. Ich versuche mich an einer Art Stadtführung. Sie lacht. Dann zieht sie mich in einen Häusereingang, in dem wir uns umarmen. Das Gepäck lassen wir auf der Straße stehen.

Bilder. Zum Beispiel Bilder von meiner Wohnung, über die sie schallend lacht und die wir beide schnell wieder verlassen. Oder Bilder eines Hotelzimmers, in das sie mich führt. Einige Zeit sitzen wir auf ihrem Bett, später dann mit einer Flasche Wein auf dem Boden des Badezimmers. Sie stellt keine Fragen. Und sie gibt keine richtigen Antworten. Sie entspannt meine nervösen Sätze. Wir sitzen – Schulter an Schulter – in fragloser Verbundenheit. *Please, don't worry.* So oder so ähnlich klingt ihre Stimme an meiner Seite. Sie sitzt mit ausgestreckten Beinen, die den Rand der Badewanne berühren. Kein Wort zu Belfast. Weder von ihr, noch von mir. Sie hält die Dinge (auch meine Hand) in einem Zustand der Offenheit. Wir trinken den Wein aus Zahnputzbechern. Im Spiegel sehe ich noch, wie unsere Hände sich berühren.

+

Bilder, die ich mit neuen Augen betrachtete, als ich Faba nun im Fernsehen sah. Sie saß (auf einem roten Sofa) in einer Fernsehsendung, von der ich (womöglich von Studenten) gehört, die ich bis dato aber noch nicht gesehen hatte. Zunächst wirkte sie nur wie ein Gast dieser Sendung. Ich rechnete mit irgendeiner Äußerung oder Erklärung von ihr: Dass ihr irgendetwas zugestoßen sein könnte? Ein Unfall? Eine Erkrankung? Eine Entführung? Ein Vorfall im nordirischen Bürgerkrieg? Mit all dem hatte ich gerechnet. Doch nichts dergleichen. Sie saß mit zusammengezogenen Beinen und gefalteten Händen, in merklicher Zurückhaltung, als wäre alles in bester Ordnung, mehr zuhörend als sprechend. Ihr Gesicht wirkte blass, dagegen hatte ihr Haar an Farbe gewonnen. Anbetungswürdig. McMurphy hätte wohl gesagt: anbetungswürdig.

Allein ihre leuchtenden Augen. Aus gutem Grund waren die Kameras öfter bei ihr als bei den anderen Studiogästen. Man sah überwiegend Fabas Gesicht, auch dann, wenn sie gar nicht sprach, sondern andere sprachen. Als ob Faba der eigentliche Sinn des neben ihr Gesprochenen wäre – oder zumindest eine willkommene Ablenkung.

Je länger ich ihr zusah, desto mehr erwies sich die Sendung nicht mehr als x-beliebige Sendung, sondern als ihre eigene Sendung. Sie war nicht Gast, sondern Gastgeberin. Ihre Präsenz wirkte nicht mehr zufällig oder vorläufig, sondern immer selbstverständlicher, geradezu zwingend. Man merkte es an der Art, wie die Kameras sie hervorhoben, sie unablässig umkreisten.

Die Sendung selbst belanglos, und auch wieder nicht belanglos. Es geht (soweit ich verstanden habe) um Menschen, die zu der Sendung geladen werden, damit sie zu ihrem Recht kommen. In welcher Form auch immer: sei es ein juristisches Recht oder menschliches Recht oder moralisches Recht. Und andere Formen von Recht: Recht auf Verständnis, Recht auf Erfolg, Recht auf Aussprache, Recht auf Liebe ... Ist das nicht mein Recht – so der Tonfall der Gäste sowie der Tonfall der ganzen Sendung. Dabei ist es unerheblich, ob es sich um bekannte oder um unbekannte Gäste handelt. Ihr gemeinsamer Nenner ist, dass sie (nach irgendeinem erlittenen Unrecht) endlich zu irgendeiner Form von Recht kommen wollen. Und sei es durch Fabas Lächeln.

Die Art ihres Lächelns: Fast jeder Satz, den sie spricht, ist begleitet von einem unmerklichen, manchmal aus ihr herausbrechenden Lächeln, das weit über das hinausgeht, was sie offiziell spricht. Sie lässt keinen Zweifel daran, dass sie nicht wirklich ist, was sie spricht, und nicht spricht, was sie ist. Ihr ausbrechendes Lächeln ... Es bricht aus ihrem Mund, aus ihren Worten, aus ihren Sätzen – wie ein sich losreißendes Kind. Zu einem gewissen Grad wirkt ihr

Lächeln verlegen – Verlegenheit über den Irrwitz hier überhaupt zu sitzen, in einer Fernsehsendung, nicht in irgendeiner Sendung, sondern in ihrer eigenen Sendung. Andererseits wirkt ihr Lächeln wiederum schelmisch, teils aufmunternd, teils konspirativ. Es gilt all denen, die dies erkennen.

Die meisten ihrer Gäste scheinen Menschen im Niedergang, im Untergang: verlassen, in Scheidung, vergessen, verschuldet, verkannt, erkrankt, im freien Fall. Selbst die prominenten Gäste (Politiker, Schlagersänger, Radprofis): untergehende Menschen. Am Ende ihrer Möglichkeiten oder ein Leben lang ohne wirkliche Möglichkeiten. Man sieht es von der ersten Kameraeinstellung an: dass sie eigentlich deplatziert sind. Selbst hier in dieser Sendung. Man hört geradezu die eigene Verwunderung: Was macht er denn hier? Als ob er oder sie gar nicht hier sein dürften – und auch nirgendwo sonst.

Demgegenüber die Haltung Fabas, die uns bedeutet: dass sie sich gerade für alles Deplatzierte interessiert. Sie gleicht darin dem Verfechter eines schwierigen Kunstwerkes, das beim Publikum zunächst auf Ablehnung stößt und das durch behutsame Erklärungen eines Experten an Boden gewinnt. Sie gebietet (schon durch ihre Präsenz) den Kritikern dieser Menschen genau dort Einhalt, wo sie sich mit ihren Einwänden am meisten im Recht glauben. Genau dort! Doch ihre Gäste sind weniger Kunstwerke als Kuriositäten: verschrobene Existenzen, bankrotte Milliardäre, lungenkranke Sportler oder schwerhörige Fahrlehrer … Insofern erinnert die Sendung an ein Raritätenkabinett. Doch sie fängt diesen Eindruck durch die Behutsamkeit ihrer Fragen und ihrer Antworten wieder auf.

Andererseits lässt sie keinen Zweifel aufkommen, wem die zahlreichen Kameras ihrer Sendung eigentlich gelten: ihr selbst und nur ihr selbst und niemandem sonst. Bei allem Verständnis und Wohlwollen gegenüber ihren Gästen. Das Verständnis und Wohlwollen ist zeitlich begrenzt, wie auch die Redezeit ihrer Gäste. Ihre Gäste, sie kommen und sie gehen – was bleibt, ist das Bild Fabas.

Sie ist der Triumph der Sprache, der Gesten, der Andeutungen über den Inhalt. Sie erinnert an eine Figur aus einem Drama, die zum Publikum sagt: »Meine Lippen bewegen sich. Nur das ist wichtig. Dass und wie sie sich bewegen ist bedeutsamer als die Worte, die durch sie hindurchkommen.« So auch bei Faba. Das Gesprochene scheint nur Anlass ihrer Lippen. Die Inhalte sind nur Nebengeräusche. Sie ist der vollkommene Triumph des Sehens. Wo sonst hätte ich sie wiedersehen sollen, wenn nicht im Fernsehen.

+

Ich sah ihre Sendung nun regelmäßig. Sie, die Sendung, präsentiert sich in gedämpften, nächtlichen, melancholischen Farben, die jede Andeutung von Tag oder freiem Himmel von sich weisen. *Liebe Freunde der Nacht*, so die Botschaft der violett-rötlichen Farbtöne, in denen Faba sitzt. Die Farbe ihres Haars hat sich verändert, nicht nur verändert, die neue Haarfarbe scheint nun ihr hervorstechendstes Charakteristikum, nicht nur ihr eigenes Charakteristikum, sondern auch das Charakteristikum der ganzen Sendung. Ihre Essenz, ihr Innerstes, ihr Inbild ist Faba. Man sieht ihr Konterfei auf weiträumigen Postern im Hintergrund, das wie ein Erkennungszeichen die Sendung einleitet, begleitet und wieder beendet. Zusammen mit ihrem Namen. Faba. Nicht Faba Wenturis, sondern Faba M. Wofür M. auch immer stehen mag: Ein Künstlername. Oder ein wirklicher Name. Oder gar kein Name. Wer weiß. Doch kein Zweifel, es war Faba, die mir aus dem Fernsehen entgegenschaute.

+

In einem Roman von Lawrence Durrell heißt es: »Unser Leben gründet sich auf einer Auswahl von Fiktionen. Unsere Schau der Wirklichkeit ist bedingt durch unsere Position in Raum und Zeit.« Und: »Zwei Schritte nach Osten oder Westen, und das ganze Bild verschiebt sich.« Schon ein flüchtiger Blick auf die Website ihres Senders verdeutlicht das. Dort ist ihre Vita ausgestellt. Welch ein Leben. In welcher Ahnungslosigkeit ich mir ihr Leben vorgestellt hatte. Mit welcher Ignoranz ich mit ihr korrespondiert hatte. Mit welch haltlosen Vorstellungen ich ihr Leben überzogen hatte. Allein meine Vorstellungen zu Belfast. Auf der Website erscheint Belfast nur als Randnotiz, als Stadt unter Städten, als Pendelpunkt weiträumiger Bewegungen zwischen zahllosen Ländern und Orten. Geboren in London. Die erste Schulzeit in Berlin, dann deutsche Schulen im Ausland, dann wieder Berlin. Soweit ihre Schulzeit, die sich in deutschen Schulen im Ausland und ausländischen Schulen in Deutschland vollzog. Trotz der vielen Umzüge und Ortswechsel eine Schulzeit ohne Verzögerungen oder Wiederholungen. Im Gegenteil, eine vorwärtspreschende Schulzeit, die bereits mit siebzehn Jahren zum Abitur führt. Danach Hochschule für Schauspielkunst »Ernst Busch« in Berlin. Gleichzeitig studiert sie an der Humboldt-Universität allerlei Sprachen. Sie veröffentlicht zwei Gedichtbände und nimmt Gesangsunterricht. Dies nur am Rande, neben anderen Begabungen und Betätigungen, die in ihrer Vita en passant erwähnt werden, so als wäre das Leben ein einziges, müheloses Nebenbei. Ein Leben ohne Lücken, das nicht einmal entfernte Andeutungen von Brüchen, Rissen oder Verzögerungen zulässt. Jeder Lebensabschnitt scheint mehrfach aufgefüllt, beglaubigt, abgesichert: durch Ausbildungen, Fortbildungen, Schul- und Hochschulabschlüsse, außergewöhnliche Städte, Gedichtbände, Theaterstücke, Musikinstrumente, Preise ... Ganz abgesehen von ihrer Laufbahn als Moderatorin im Fernsehen. Ihr Lebenslauf hat keine Lücken. Die größte Lücke ihres in jeder Hinsicht geglückten Lebens ist vielleicht das Warten auf ein verspätetes Flugzeug. Oder ihre Reise mit ihrer Tante zu meinem »akademisch-literarischen« Vortrag – eine unerklärliche Lücke. Zumindest eine unerklärliche Tat. Wie auch ihre anschließenden E-Mails an mich und ihre Absicht, mich besuchen zu kommen. Spätestens hier stellt sich die Frage: Warum sollte sie das tun? Ausgerechnet sie. Ausgerechnet mich.

Je genauer man ihre Vita betrachtet, desto mehr kommt der Verdacht: eine Vita, viel zu schön, viel zu bestechend, um wahr zu sein. Ich sehe sie als frei erfundenen Menschen. Eine Erfindung ihrer selbst. Vielleicht auch Erfindung ihrer Tante oder ihrer Eltern oder ihres Senders. Wer weiß. Man spricht von dem Renaissance-Menschen als *self-fashioning man.* Sie ist eine *self-fashioning woman.* In größter Vollendung. Nicht nur wegen ihres gefärbten Haars. Dies sind Nebensächlichkeiten. Neben ihrem stilisierten Namen. Selbst ihr Name liest sich wie eine freie Erfindung. Womöglich heißt sie in Wahrheit Petra oder Christine. Wer weiß. Wie würde ihr Lebenslauf mit derartig gewöhnlichen Namen wirken. Er würde in sich zusammenbrechen.

Manche Punkte ihrer Vita wirken wie ein Befreiungsschlag. Wie wenn es von diesen neuralgischen Punkten möglich wäre, ernsthaft in Erscheinung zu treten, sich im Spiegel zu betrachten oder unter Menschen zu gehen. Wer weiß. Ihre ganze Vita scheint wie eine wohldurchdachte Konstruktion, ein kompliziertes Brückenwerk, das zahlreiche Ufer verbinden will: teils Bewerbungsschreiben, teils Leistungsschau, Hochglanzprospekt oder spielerischer Selbstzweck. Es ist ein Lebenslauf, der nicht für alle Zeit besiegelt scheint, sondern immerzu im Fluss ist, nicht nur was die Gegenwart betrifft, sondern auch die Vergangenheit. Wer die Homepage regelmäßiger besucht, der entdeckt mit der Zeit kleine, fast unmerkliche Veränderungen:

Es kommen Schulen und Universitäten hinzu, von denen in früheren Fassungen ihrer Vita nicht die Rede war. Und es tauchen neue Wohnorte und Städte auf, so wie alte Wohnorte und Städte plötzlich verschwinden. Eines Tages wird von Belfast keine Rede mehr sein. So als hätte Belfast sich erledigt. Eine biografisch-literarische Sackgasse, derer sie sich entledigt. Stattdessen andere Aktivitäten und Orte. Sie hat ein Faible für die Suggestionskraft außergewöhnlicher Orte. Sie sucht sie mit Bedacht aus. Sie (oder ihr Sender) arbeitet und feilt an ihrem Leben wie Autoren an Romanen oder Theaterstücken feilen. Sie ist eine Erfinderin und Schöpferin ihres eigenen Lebens. *A free artist of herself.* Am Ende gar der seltene Fall einer weiblichen Dandyfigur. Vielleicht kommt man ihr am ehesten mit diesem Begriff bei: ein Dandy. Das Leben als Spiel, als erfundenes Konstrukt, vor allem aber ein Schweben über den gemeinen Schwerkräften des Lebens, ein leichtfüßiges Erleben und Erwecken von Gefühlen, ohne je einem Gefühl zu erliegen. Im wahrsten Sinne selbst-los. Kein Wunder, dass sie bei den Oscar-Wilde-Zitaten in meiner Vorlesung jubeln musste.

+

Im Nachhinein wundere ich mich über die krasse Ahnungslosigkeit, mit der ich ihr begegnet war, mit der ich ihr geschrieben hatte, am Ende gar zum Flughafen gefahren war, um sie abzuholen. Es ist die Ahnungslosigkeit eines Weltfremden, eines wahren Akademikers.

Ein wenig erinnert die Art ihrer Vita an eine Begebenheit meines eigenen Lebens. Während meiner Schulzeit hatte man mich nach Paris geschickt, um dort Französisch zu lernen. Die Reise war ein Fehlschlag. Ich sprach meist Englisch statt Französisch – oder sprach überhaupt nicht, verbrachte meine Tage auf Bahnhöfen oder Parkbänken mit deutschen Zeitungen. Dort legte ich mir Erklärungen zurecht, warum sich mein Französisch nicht verbessert hatte. Es hatte sich genau genommen sogar verschlechtert. Ich merkte es, als ich am Tag meiner Rückreise am Bahnsteig einen Schaffner ansprach. Er verstand kein Wort vom dem, was ich sprach. Schon Stunden vor der Abfahrt des Zuges setzte ich mich in ein Abteil und wartete. Später setzten sich zwei deutsche Rucksacktouristinnen zu mir. Sie setzten sich mit einem Ausdruck, als wären sie mit Frankreich im Frieden. Als hätten sie jeden Moment ihrer Reise Französisch sprechend genutzt. Alles schien bei ihnen im Lot. Sie lächelten mir zu und stellten mir Fragen. In diesem Moment entschied ich, mich als Amerikaner auszugeben – zumindest die ersten Sätze lang: als sprachliche Wiedergutmachung für mein katastrophales Französisch. In wenigen Sätzen hatte ich mir eine ganze Vita zurechtgesprochen, passend zu meinem T-Shirt und meinem Gesichtsausdruck und meinem neuen Namen: Robert Langhurst. Ich selbst hatte, als der Zug endlich abfuhr, kaum mehr Zweifel an meiner amerikanischen Vita. Geboren in Hartford, Connecticut, aufgewachsen in New Hampshire, Neuengland, fast schon an der Grenze zu Kanada. In welch überzogenen Farben ich dieses Neuengland gemalt hatte. Feuerrote Laubwälder, in denen spitzförmige Holzhäuser stehen … In dieser Art sprach ich mit meinen beiden Begleiterinnen. Vielleicht weil ich es satt hatte, als der gesehen zu werden, der ich tatsächlich war. Oder aus einer transnationalen Affinität heraus. Und ich fand an meiner hastig zusammengesponnenen Rolle immer größeren Gefallen. Ich agierte mein amerikanisches Wesen in himmelschreiender Überdeutlichkeit aus: in dem breitest möglichen Akzent, in gespielter Naivität und Arglosigkeit, in haarsträubenden Fragen: deutete auf mittelalterliche Schlösser und erkundigte mich, warum man sie so dicht an die Bahnlinie gebaut habe. Alles fügte sich in diesen blitzartigen Entwurf eines neuen Lebens, selbst die Farbe meiner Augen. Und sie lobten mein Deutsch, und lobten damit mein Englisch, das Englisch eines typischen Amerikaners. Mir selbst klang mein Akzent recht überzeugend. Nur an wenigen Stellen brach ich ab und wechselte (wie um mich zu beweisen) ins Deutsche, sprach Wörter wie *Bierbrezel* und *Donnern und Blitzen*. Sie waren von mir ernsthaft angetan, am Ende gar voller Ehrfurcht, auch wegen der Position meines Vaters, dem amerikanischen Konsul in Stuttgart. Ich berichtete von diplomatischen Empfängen und diplomatischen Gepflogenheiten, von Depeschen und Memoranda, von flatternden Fahnen über meinem Schlafzimmer und Alarmanlagen. Dies ging stundenlang, die ganze Nacht. Als wir in Stuttgart ankamen, tauschten wir Adressen aus und umarmten uns. Auf dem Bahnsteig stand bereits mein Vater. Er sah nicht wie ein amerikanischer Konsul aus, weder an diesem Tag noch an irgendeinem anderen Tag. Er sprach auch nicht Englisch, sondern Deutsch, und rief mich nicht Robert, sondern Konrad. In welcher Plötzlichkeit und Härte mein amerikanisches Leben zusammenbrach …

+

Während ich das notiere, denke ich an den letzten Satz meiner allerletzten Vorlesung: »Wenn die Welt klar wäre, gäbe es keine Kunst.« Der Satz ist von Camus. Er war in der Unruhe des Vorlesungssaals kaum mehr zu hören. Zum ersten Mal seit Jahren war der Vorlesungssaal übervoll gewesen, nachdem die Fachschaften (im Rahmen einer Streikwoche) die Studentenschaft dazu aufgerufen hatte, sich ein Bild einiger ausgesuchter Lehrveranstaltungen zu machen, ein Bild unsäglicher Langeweile und Nichtigkeit. Nicht die Studenten demonstrierten; vielmehr wählten sie uns (einige Kollegen und mich) als Demonstrationsobjekte im Moment ihres ganzen Versagens: Demonstration ungelenken Auftretens, verwaschener Argumentationen, unbrauchbarer Tafelbilder; Demonstration gestriger Ansätze, veralteter Bücher, irrelevanter Prüfungsstoffe; Demonstration müder Gedanken und matter Lesebeispiele; Demonstration der Abgeschlagenheit und des Überholtseins; Demonstration, dass hier jemand zu Unrecht steht und lehrt und ein Gehalt bezieht und Studiengebühren kostet. Das und einiges mehr. Einzelne Sätze lautstark wiederholend, ihnen in höhnischem Jubel beipflichtend. An manchen Stellen brandete spottender Applaus. So als wäre jeder meiner Sätze eine Offenbarung, die Offenbarung größter Unbeholfenheit, Lächerlichkeit, Gestrigkeit. *Endlich sagt es jemand!* So der Duktus ihrer alles verachtenden Zustimmung. Spottbilder unablässigen Szenenapplauses. *Endlich sagt es jemand!*

Am darauffolgenden Donnerstag war der Vorlesungssaal so gut wie leer. Ich sah nur noch vereinzelte Schatten, deren Bedeutung ich nicht genau einschätzen konnte: Ob sie den Trümmern der Vorlesung beiwohnten, um sie mit ihrer Anwesenheit zu retten oder um ihr nahendes Ende in aller Gleichgültigkeit zu bezeugen. Wer weiß.

Frederike Tarnart führte mich – wie einen Invaliden – aus der Vorlesung, mit Blicken, als wollte sie sagen: Warum ich nicht auf sie gehört hätte. Warum ich meine Vorlesung nicht ein wenig verändert, aufpoliert, auf Vordermann gebracht hätte. Womöglich ihrem eigenen Beispiel folgend: Filmfassungen. Weg von Texten oder Büchern. »Die Zukunft liegt in Filmfassungen.« Sie brachte mich ins Vorzimmer des Seminardirektors, wo man mich setzte, in einer Art, als würde man mich hinlegen.

Wie soll das weitergehen. Herr Monteiro. Es kann ja so nicht weitergehen. So oder so ähnlich die Blicke der Sekretärinnen und des Direktors, Professor Müller-Niebert, der sich zu mir setzte, in einer Pose, als würde er sich an ein Bett setzen. Auf einem Regal über der Sitzecke sah ich Leitzordner, in denen sich die Arbeitsverträge der Mitarbeiter befinden, darunter auch mein eigener Arbeitsvertrag, der weit davon entfernt ist, unbefristet zu sein. Professor Müller-Niebert sprach von Wogen, die es zu glätten gelte, von einer Art Urlaubssemester, das ich mitten im Semester antreten sollte. Ich erwähnte eine Reservevorlesung, die einsatzbereit in einer Schublade liege, die ich jederzeit halten könnte … Müller-Niebert hielt nichts davon … Eine Vorlesung mit dem Titel: *Das Ende der Postmoderne.* Ich habe dieses Ende am eigenen Leib erfahren, in meinen eigenen Vorlesungen … Der Postmoderne folgte keine Nachpostmoderne. Man ließ jeden Gedanken an Moderne hinter sich. Man glitt von der Postmoderne wieder zurück in die Vormoderne. Oder Voraufklärung. In einer Mischung aus zwielichtiger Bewusstlosigkeit und herzhafter Unbedarftheit. Als ob es die letzten 200 Jahre nie gegeben hätte. Kein Nietzsche, Kafka oder Beckett. Kein gar nichts. Kein kritischer Begriff von irgendetwas. Kein Erschrecken, kein Zurückschauen, kein Stehenbleiben …

Er hielt nichts davon. Im Gegenteil, eine derartige Vorlesung würde alles nur noch schlimmer machen. Fürs Wochenende lud er mich zu sich nach Hause zu einem Diaabend.

Ich dachte auch an eine Vorlesung über Fastfood und *Fast*kultur. *Fast*romane, *Fast*theaterstücke, *Fast*gedichte … In einem fulminanten Vortragsstil, in rasender Geschwindigkeit gesprochen. Eine neue Art von Vorlesung. Ein Vorpreschen. Gleich einem Rapsong. Jeder Satz ein Paukenschlag, ein Wachrütteln. Die Überleitungen wie Peitschenhiebe. In der Art von McMurphys Vorlesungen. Mittlerweile sind sie derart erfolgreich, dass er sie auch außerhalb der Universität darbietet, auf einer Nebenbühne des Stadttheaters, wo er einmal in der Woche über Akademisches und Weltliches, über Menschliches und Allzumenschliches spricht. *McMurphy liest.* Mit dieser Überschrift ist die Veranstaltung auf Plakaten und in Programmheften angekündigt. *McMurphy liest.* Obgleich McMurphy eigentlich keine einzige Zeile liest. Er kommt ohne jede Vorbereitung oder Manuskript und spricht über jedes sich bietende Thema: über Politik und Semiotik, Beckett und Fußball, Zahnärzte und Aristoteles. Und natürlich über Frauen. »Frauen können uns alles verzeihen, außer nicht gut auszusehen.« Oder: »Die weibliche Brust. Es sind die gesichtslosen Ausschnitte, denen Frauen so viel verdanken.« Oder: »Hässliche Frauen werden häufiger schwanger als ansehnliche Frauen. Dies ist der Grund, warum unsere Welt so hässlich ist.« Oder: »Ich liebe alle Frauen, gleichzeitig, nicht hintereinander – das Leben ist kurz.« Und: »Auch Gott liebt alle Frauen – fast alle – und die Männer, aber er liebt anders als ich. Es ist eine bisexuelle Liebe und eine herablassende Liebe. Er liebt alle, die unter ihm liegen. Ich liebe die Frauen, die auf mir sitzen.« McMurphy. Manchmal berichtet die Zeitung von tumultuarischen Zuständen im Auditorium, entrüstete Feministinnen oder Burschenschaftler, die auf die Bühne stürmen und Satisfaktion fordern, worauf McMurphy erwidert haben soll: »*Surely I cannot satisfy the whole world.*«

+

Professor Müller-Niebert sprach von Ruhe und Rekonvaleszenz und Fortbildungen und lud mich zu Diaabenden, zusammen mit den Mitgliedern seines Lehrstuhls, zu dem er mich nun rechnete, als eine Art akademischer Flüchtling oder Exilant. Vielleicht auch als ein abschreckendes Beispiel, in welchen Zustand ein Akademiker ohne Bindung an einen Lehrstuhl geraten kann. Müller-Niebert ist ein Verfechter fester Bindungen zu Lehrstühlen. Er betrachtet sie als eigenen Kosmos in einem größeren Kosmos. Jedes Nichtgebunden- und Nichtbeaufsichtigtsein überfordere einen einzelnen Akademiker. So etwas könne ja nicht gut gehen. So Müller-Niebert.

Seine Oberseminare sind umrahmt von einem beeindruckenden Gefolge von Assistenten und Lektoren und Hilfswissenschaftlern – kaum anders als die Prozession einer Chefarztvisite: Tür auf, ein Windstoß, der Raum verstummt … Ein erster Assistent tritt ein, hält die Tür auf, gefolgt von Professor Müller-Niebert, gefolgt von seinem zweiten Assistenten, begleitet von Hilfswissenschaftlern und einem Lektor. Jeder von ihnen mit einer eigenen Funktion: Die Hilfswissenschaftler sind zuständig für Anwesenheitslisten und Fotokopien; die Assistenten für kleinere akademische Ausführungen und Beiträge (unter der Aufsicht des Professors); der Lektor für ein tadelloses Deutsch. Er ist verantwortlich für alle sprachlichen Fragen: Grammatik, Rechtschreibung und eine korrekte hochdeutsche Aussprache. »Hören Sie«, und Müller-Niebert deutet auf den Mund des Lektors, der ein Wort vorspricht und es dann nachsprechen lässt. Er schreibt die Lautschrift des betreffenden Worts an die Tafel. »Sprechen Sie!« Und die Studenten sprechen, während der Lektor phonetische Korrekturen an ihrer Aussprache vornimmt, insbesondere alle Anklänge oder Einbrüche des Schwäbischen beanstandet, während Professor Müller-Niebert zusammengekrümmt auf einem Stuhl sitzt und diese Sprechversuche verfolgt. Oftmals mit einem Ausdruck von Fassungslosigkeit. Und demonstrativer Ablehnung alles Süddeutschen, das eine Universität von innen nicht berühren darf. Er selbst hat beim Sprechen eine Vorliebe für eine bestimmte Art des scharfen S, das er weder zu scharf noch zu weich spricht, sondern in einer offenen Schwebe hält, in einem andeutungsweise säuselnden Ton, ein sonores Summen und sänftenhaftes Dahingleiten, das seiner Sprache einen unverwechselbaren akademischen Ton verleiht.

Er unterbricht Referate mit phonetischen sowie mit grammatikalischen Korrekturen. Dekorum. Das O nicht wie Oma ausgesprochen, sondern andeutungsweise diphtongiert. Oder: »Als ob dem so sei.« Warum das falsch ist? Er blickt durch das Seminar und fragt, warum das falsch ist. Welche grammatische Regel hier zur Anwendung kommt: ob Konjunktiv I oder Konjunktiv II? Sein Blick geht von Student zu Student zu Hilfswissenschaftler zu Assistent … Und er fügt hinzu: »Konjunktiv des irrealen Vergleichs? Schon einmal davon gehört?« Und es herrscht Stille in seinem Seminar.

Anders die Diaabende. Zumindest will Müller-Niebert diese Abende anders verstanden wissen, freundlicher, jovialer und ungezwungener. Die Abende beginnen bereits am Spätnachmittag. Die Gäste kommen nicht einzeln, sondern alle zusammen, so als würden ihn vereinzelte Ankömmlinge stören. Vielleicht weil sie dann zu oft klingeln oder er immer wieder die Tür öffnen muss. Sie treten der Reihe nach in sein Haus: Assistenten, Lektoren, Hilfswissenschaftler, einige ausgesuchte Studenten und die beiden Sekretärinnen. Nach der Begrüßung gibt es Kaffee und Kuchen, der an verschiedenen Tischen serviert wird: ein kleinerer, runder Tisch, um den die Assistenten und Doktoranden sitzen, und ein größerer, eckiger Nebentisch, an dem die Hilfswissenschaftler und Studenten sitzen. Ein wenig erinnert dieser Tisch an einen Kindergeburtstagstisch. Professor Müller-Niebert bezieht diesen Tisch, an dem auch seine beiden Sekretärinnen sitzen, nur gelegentlich in die Unterhaltung ein. Die Szenerie wirkt fast friedlich und fröhlich. Es wird nur selten gesprochen. Oder nur dann, wenn Müller-Niebert dazu ermutigt. Er erteilt das

Wort, nicht wörtlich, aber durch aufmunternde Fingerzeige – oder in beiläufig hereinbrechenden Fragen zum Stand der Doktor- und Magisterarbeiten: Wie weit man sei? Man möge der Runde berichten. Über den Forschungsstand und die Sekundärliteratur.

Zunächst wurde ich bei diesen Befragungen über-gan-gen. Viele Bücher, über die er fragte, hatte ich selbst nicht gelesen oder längst wieder vergessen. Doch er behandelte mich kollegial, mit gelegentlichen Erklärungen, warum er einem Doktoranden gerade diese Frage und keine andere Frage stelle. Er erläuterte die philosophischen Hintergründe seiner Fragen – mit einem ärztlichen Ausdruck und dem Unterton: Was aus mir hätte werden können, wenn ich durch seine Schule gegangen wäre. Es wurde kaum gesprochen. Man nickte, man flüsterte, man aß Kuchen. Auch die Sekretärinnen. Sie sagten kaum mehr als danke, wenn ihnen Kuchen angeboten wurde, und danke nein, wenn ihnen ein zweites oder drittes Stück angeboten wurde …

»*Aufruhr in den Cevennen.*« Müller-Niebert blickte reihum. »*Aufruhr in den Cevennen.* Wer ist der Autor? Eine Novelle. Verfasst 1826. Wer hat das geschrieben?« Er blickte von Gast zu Gast, zunächst zu den Gästen am Nebentisch, dann zu den Gästen am Haupttisch. Keiner wusste die Antwort. Müller-Niebert saß mit kopfschüttelnder Fassungslosigkeit. Studenten und Angehörige einer germanistischen Abteilung, die so etwas nicht wissen. Als ob mit derartiger Unwissenheit das Ende der Welt erreicht wäre. Er goss Kaffee ein und half uns mit Möglichkeiten: »War es Ludwig

Uhland? Oder Joseph von Eichendorff? Oder Ludwig Tieck? Oder Wilhelm Hauff?« An beiden Kaffeetischen gesenkte Blicke, nicht wissend, welche Möglichkeit die schlimmere wäre: Es nicht zu wissen. Oder es falsch zu wissen. »*Aufruhr in den Cevennen.*« Schweigen. Für einen Moment blickte er auch zu mir. Zuerst kollegial, dann mit dem Verdacht, dass auch ich es nicht weiß. Minutenlang saßen wir mit dieser einen Frage. Müller-Nieberts Frau reichte uns Kuchen, während ihr Mann schon die nächste Frage stellte. Frage auf Frage. Literarische Quizfragen. Begleitet von seufzenden Erklärungen: Warum zum Beispiel Ludwig Uhland gar nicht als Verfasser der *Aufruhr in den Cevennen* in Frage kommen könne. »Warum? Weil Uhland gar keine Novellen geschrieben hat.« Und er saß kopfschüttelnd.

Die eigentliche Diavorführung fand in einem feierlich bestuhlten Nebenraum statt. Professor Müller-Niebert führte hinüber, betätigte das Vorführgerät und ließ von einem Hilfswissenschaftler das Licht löschen. Dann begann der Vortrag. Er begann mit Strandbildern der Ostsee, die er während eines Germanistenkongresses in Dänemark gemacht hatte. Einzelne Bilder ließ er minutenlang auf uns wirken, auch wenn ein Bild sich kaum von dem vorherigen unterschied. Später zeigte er Bilder einer Bergwanderung in der Schweiz. Je länger er die Bilder wirken ließ, desto mehr schwelgte er in Erinnerungen an die Schweiz. Er rühmte die Landschaft, die Menschen, das Essen und den Schweizer Germanisten Emil Staiger … Er schaute mich an, so als könnte die Schweiz meine Rettung sein. Eine Art

Asyl. Zum Abschied drückte er meine Hand und sagte: »Bis zum nächsten Mal.«

+

In dieser Façon folgte Einladung auf Einladung zu immer weiteren Dia- und Quizabenden. Nicht nur er, sondern auch seine Sekretärinnen sprachen mir zu, so als gälte es, mich auf Vordermann zu bringen. In jeder Hinsicht. Und die Blicke mancher Passanten auf der Straße schienen dem zu folgen: *Geht es Ihnen nicht gut?* Vielleicht ging ich deshalb zu einem Arzt und bat um eine umfassende Untersuchung, eine Durchleuchtung meines ganzen Körpers, eine Kernspinuntersuchung. Auch in dieser Hinsicht ist die Universität berühmt und in ganz Deutschland führend. Gesine hätte wohl gesagt: Eine solche Untersuchung ist reiner Selbstmord – ich hätte ihr nicht widersprochen. Sie hätte mich mit allen Mitteln davon abgehalten. Sie hätte gesagt: Das ist völlig überflüssig und fahrlässig. Was soll das? Warum machst du das?

Vor der Untersuchung wartete ich in einem weiträumigen Wartezimmer. Die mit mir Wartenden, sie warteten entweder auf die Untersuchung selbst oder auf den Befund nach der Untersuchung. Man rief sie per Lautsprecher in den Untersuchungsraum oder zur Überreichung des Befundes in einen Nebenraum – womöglich Befunde, die über Leben und Tod entschieden. In einem Buch hatte ich gelesen: Es gebe keine größere innere Wahrheit als eine Kernspinuntersuchung. Schicht für Schicht lege sie das Innerste des Menschen frei. Hier gebe es keinen Raum mehr für Deutungen, Vertagungen oder Diskussionen. Es herrsche Eindeutigkeit. Gewissheit. Endgültigkeit. Unabwendbarkeit. »Hörst du, Gesine.« Eine Art modernes Jüngstes Gericht. Ohne menschliche oder göttliche Ermessensspielräume. Es gilt die unbestechliche Genauigkeit eines gewaltigen Apparates. *Und es herrschte Stille im Jüngsten Gericht.* So auch die Stille in dem Warteraum. Eine Stille in Erwartung der Untersuchung und ihres Befundes. Ich hörte das Wort *befundet.* »Ihre Bilder sind noch nicht befundet. Bitte warten Sie.« Und ich hörte das Wort *begutachtet.* Der reinste Euphemismus, bedeutet doch ein solches Wort das genaue Gegenteil von gut oder gutachten oder begutachten – in seinem tiefsten Wesenskern bedeutet es: Schlechtachten, schlecht machen, vielleicht sogar Bösachten … Wir warteten in verstohlenen Bück- oder Bethaltungen, saßen in herzrasenden Selbstgesprächen. Vielleicht in Beschwörungen aller denk- und undenkbaren menschlichen Gründe, die für einen günstigen Befund sprechen könnten. Am Ende gar eine vollständige Entwarnung. Falscher Alarm. Alles nur falscher Alarm. Oder eine Stille, die sich bereits mit dem Schlimmsten abzufinden beginnt, die nicht mehr in schreckhafter Erwartung aufrecht dasitzt, sondern hoffnungslos versunken ist. Kein Befund kann hier mehr schrecken. Man könnte ebenso gut aufstehen, hineingehen und in vorauseilender Einsicht das Schlimmste aussprechen, noch bevor irgendetwas befundet ist. Ich nehme jeden Befund hin. Hören Sie. Sie können den Apparat ausschalten. Ich nehme es hin! Ich wartete versunken in immer deutlicher werdenden Ahnungen. Wie ein Mensch, der anfängt, sich mit Tatsachen abzufinden, der die Tatsachen bereits atmosphärisch durchlebt, als gäbe es nicht einmal mehr theoretisch eine andere Möglichkeit als diese schon längst durchlebte Tatsache. Ich nehme es hin …

Wochen später schickte man mir die Ergebnisse. Alle Aufnahmen befundet. Kein Befund.

+

Vielleicht war es auch der Eindruck dieser Untersuchung, der mich dazu bewegte, am Universitätsklinikum Medizinvorlesungen zu hören – nicht zuletzt aus didaktischer Neugierde. Ich interessierte mich für den Aufbau der Vorlesungen, für ihre Schaubilder, für das Sprechtempo des Vorlesenden und sonstige Eigenarten: Ob er frei spricht oder abliest, ob er mit oder ohne Wasserglas spricht, in welchen Momenten er Anekdoten einstreut. Ich verglich dies mit meiner eigenen Vorlesung über das Drama. Wie wenig Drama diese Vorlesung im Vergleich zu dem Drama einer Medizinvorlesung enthält: Melodramatisches Auftreten der Professoren, zackige Begrüßungen, ein Hauch von Feldlazarett und von Sauerbruch, knarrende Schritte über altehrwürdiges Parkett, beeindruckende Kostümierungen, das Gefolge dienstbeflissener Assistenten und immer wieder dramatische Vorhang-auf-Situationen. Vorhang auf: Und Patienten werden auf Rollstühlen oder Betten in den Vorlesungssaal geschoben. Sterbende Patienten oder wiederauferstandene Patienten. Sie werden hineingeschoben und unter Applaus wieder davongeschoben. Wie sehr man daraus für geisteswissenschaftliche Vorlesungen lernen könnte, bis hin zu den physiognomischen und stimmlichen Eigenarten mancher Medizinprofessoren: teils in einem bellenden, teils in einem schnoddrigen, dann wieder in einem gütigen Ton zu den Patienten oder Studenten sprechend. Ich dachte daran, selbst irgendwann einmal Vorlesungen über medizinische Themen zu halten, vielleicht schon im kommenden Semester, ein völliger Methoden- und Themenwechsel, ein Paukenschlag, ein Befreiungsschlag. Ein Vorlesungszyklus mit einem Titel wie: *Medizin und Literatur. Eine Einführung.* In der Art von Michel Foucaults *Die Geburt der Klinik*. Nur wesentlich spannender und packender. Eine aufrüttelnde, mitreißende, voyeuristische, wenn nicht blutrünstige Vorlesung …

Professor Müller-Nieberts Sekretärin riss mich aus diesen Überlegungen. Plötzlich war sie am Telefon. »Herr Monteiro.« Ein Mann vom Fernsehen habe angerufen. Er suche einen Hochschullehrer für ein längeres Gespräch – im Fernsehen. Von 11 bis 12 Uhr. Nachts. Am Donnerstag. Ein Gespräch über Hochschulen, Bildung und PISA. Professor Müller-Niebert habe sich für mich ausgesprochen. Ich sei noch jung …

Sie sprach fast flüsternd. Als wäre der Mann vom Fernsehen noch am anderen Ende der Leitung oder leibhaftig im Raum. Der Herr heiße Bühner. Ich weiß nicht, ob ihre wachsende Ehrerbietung nur ihm galt oder ein wenig auch mir. Er bitte um Rückruf. Baldmöglichst. Es gehe um die Sendung. Mehr konnte sie nicht sagen …

Ich sei noch jung … Seit über zehn Jahren hält man mich am Deutschen Seminar für jung. Selbst ganz junge Kollegen halten mich für jung. Auch die Sekretärin. Sie ist jünger als ich, aber sie hält mich für jung. Ewige Jugend eines Menschen, dessen Vorlesung abgesetzt wurde, kaum anders als eine misslungene Fernsehsendung.

Ich hörte das Wort Schauspielerfahrung. Professor Müller-Niebert sagte dies, aus heiterem Himmel. Er war nun persönlich am Telefon, mit einem lauten Knacken, als habe er sich (ungeduldig geworden) per Knopfdruck von seinem Schreibtisch aus in das Telefonat seiner Sekretärin eingeschaltet: Er sprach allen Ernstes von Bühnenerfahrung. Ich sei der geeignete Mann.

Bühnenerfahrung? Von wegen Bühnenerfahrungen. Sie bestanden in nicht mehr als in der Aufsicht und akademischen Begleitung einer Studententheatergruppe. Dies war Jahre her. Was habe ich hier vorzuweisen? Ein Weihnachtsstück mit Studenten des Grundstudiums, ein Jugendstück mit Studenten des Hauptstudiums. Sonst nichts. Allenfalls hochtrabende Pläne für die ferne Zukunft. Vielleicht Shakespeare. *Was ihr wollt.* Ich selbst war für die Rolle des Malvolio vorgesehen. So der Vorschlag einer Kollegin: »Sie wären ein wunderbarer Malvolio.« In ihrer Phantasie malte sie bereits an den Plakaten: *Was ihr wollt, von William Shakespeare. Persönliches Erscheinen eines Dozenten in der Rolle des Malvolio.* Niemals und zu keinem Zeitpunkt hatte ich vor, dieses Stück jemals zur Aufführung zu bringen.

Professor Müller-Niebert schien auf die Zurückweisung aller möglichen Einwände, die ich noch gar nicht ausgesprochen hatte, bestens eingestellt. Er fragte mich: Warum ich noch am Telefon sei? Warum ich den Mann vom Fernsehen nicht längst zurückgerufen hätte? Welch eine Gelegenheit. Für ihn war die Sendung eine akademische Chance. Eine solche Chance auszuschlagen oder auch nur aufzuschieben wäre ein Fehler … Meine Krankschreibung schien ihn nicht zu interessieren. Er hakte sie ab. Wie eine längst verziehene Verfehlung. »Ach die Krankschreibung. Papperlapapp.«

Vielleicht schlug er mich deshalb als Fernsehgast vor: Weil es bei mir nicht mehr darauf ankommt. Weil ich kaum mehr etwas zu verlieren habe. Er hätte auch deutlicher werden und mich fragen können: Wie ich mir das alles vorstelle? Meine Zukunft? Meine weitere Laufbahn? Angesichts leerer Vorlesungssäle und flüchtender Studenten. Wie ich mir das vorstelle!?

Später war Herr Bühner am Telefon. Mit welcher Selbstverständlichkeit er das Wort Fernsehen aussprach. »Hier Bühner vom Fernsehen.« Er sprach das Wort Fernsehen wie einen alten Freund. Er begrüßte mich. Er bedankte sich. Er entschuldigte sich. Er habe meine Nummer von Professor Müller-Nieberts Sekretärin. Und er fragte: »Haben Sie am Donnerstag, den 15. Juni Zeit?« Für ein TV-

Gespräch. Ein Gespräch über Hochschulen, Bildung und PISA. Er wirkte ausgesprochen freundlich, fast sanftmütig, so als wollte er mich trösten. Bevor ich antworten konnte, stellte er mir immer weitergehende Fragen, Fragen zu mir und meiner Vita und meinen Hobbys: Thema der Promotion, mein Aufenthalt in Yale, verheiratet oder ledig, Freizeitaktivitäten, Lieblingsphilosophen, Sternzeichen, Lieblingsspeisen, bevorzugte Sportarten, meine Erfahrungen mit der Universität und Studenten ... Fast beiläufig erwähnte er, dass die Sendung von Faba moderiert werde. Ich weiß nicht mehr, ob er Faba oder Faba M. sagte. Was wäre der Unterschied? Der ganze Unterschied der Welt. Er fragte mich, ob ich die Sendung kenne, und ich antwortete hastig, womöglich viel zu hastig: Leider nein. Woraufhin er erwiderte: »Das macht doch nichts.« So als wäre er mit der Unaufrichtigkeit solcher Antworten bestens vertraut – auf seinem Schreibtisch womöglich genaue Statistiken über Einschaltquoten, die die Unhaltbarkeit derartiger Beteuerungen belegen. »Das macht doch nichts.«

Er erklärte mir die Philosophie der Sendung, eine gänzlich andere Philosophie als ich sie mir beim Sehen dieser Sendung ausgemalt hatte. Kein Wort von Raritätenkabinett oder Menschen im Niedergang. Er sprach von gediegenen Gesprächen, in der Art von Kamingesprächen, Gespräche über Gott und die Welt für ein nächtliches Publikum, so Bühners Worte. Ich hörte das Wort Schlaflosigkeit. Die Sendung richte sich an ein millionenfaches Publikum in einem Zustand nächtlicher und nicht nur nächtlicher Schlaflosigkeit. Die Sendung selbst sei eine Form von

Schlaflosigkeit. Nicht ohne Grund leuchte ein Mond in der Dekoration. Er betonte die schlafwandlerische Leichtigkeit und Unberechenbarkeit der Gespräche, die in abgedunkelter Abgeschiedenheit stattfinden, und doch vor Publikum – die Aufzeichnung finde auf einer Bühne des Staatstheaters statt. Er beruhigte mich: »Das Publikum ist nicht gegen unsere Gäste, sondern mit ihnen.« Er wies auf die Behutsamkeit der Beleuchtung hin. Und auf einige Grundsätze der Sendephilosophie: *Jeder Gast hat das Recht auf Achtung. Jeder Gast hat das Recht auf Erfolg.* Die Sendung habe kein vorbestimmtes Thema. Er betonte die Offenheit der Gesprächsführung. Von ihm aus auch gerne Themen wie Bildung und Universität. Literatur und Philosophie. Gott und die Welt … Es gehe nicht so sehr um Themen als um Menschen. *Be thyself.* So ein Motto der Sendung. Keine Kleiderordnung. Er grüßte von Faba. Ob nun von Faba selbst oder von Faba als Moderatorin – der Unterschied war nicht zu hören. Ihr Name klang wie ein Begriff. Er zeigte sich beeindruckt von meinen wissenschaftlichen Veröffentlichungen und sagte: »Ich bin mir sicher, dass Sie einiges zu sagen haben.« Seine Worte klangen in der Tat wie ein Trost.

+

»Herzlichen Dank.« So begann der Brief, den mir Bühners Assistentin schickte. »Herzlichen Dank, lieber Herr Monteiro, für Ihre Zusage, als Gast in unserer Sendung mitzuwirken.« Das Logo des Senders auf dem Briefkopf unterstrich den wachsenden Ernst von all dem. »Am Donnerstag, den 15. Juni um 20.30 Uhr zeichnen wir die Sendung im Staatstheater auf. Wenn Sie bitte so freundlich wären, gegen 18.30 Uhr vor Ort zu sein. Das Gespräch mit Ihnen und Faba M. dauert etwa 20 Minuten. Weitere Gäste der Sendung sind Gerhard Lurch, Freia Barschel und Didier Thurau …« Ein Absatz: »Nach der Aufzeichnung gehen wir gemeinsam ins Restaurant *Rendezvous* zum Abendessen. Der Sender übernimmt Ihre Reisekosten sowie eine Übernachtung im Hotel Stauferbad – falls Sie es wünschen. Als zusätzliche Aufwandsentschädigung zahlen wir Ihnen 500 Euro.« Absatz: »Vielleicht haben Sie auch Lust, mit Professor Müller-Niebert zusammen am 1. Juni zu einer Aufzeichnung ins Staatstheater zu kommen – als Zuschauer, damit Sie wissen, was auf Sie zukommt? Wir würden uns freuen!«

Sie schickte Formulare, allerlei Unterlagen und einige Plakate, auf denen die Gäste der Sendung vom 1. Juni aufgelistet waren: Wilhelm Genazino, Hort Hrubesch und Eugen Drescher. Darüber in großen Lettern: *Zu Gast bei Faba M.* Und darüber in noch größeren Buchstaben: *Staatstheater Stuttgart. TV-Aufzeichnung.*

TV-Aufzeichnung. Wie eindrucksvoll allein dieses Wort klingt. TV-Aufzeichnung. Von eminenter Dringlichkeit und Bedeutsamkeit. Nicht Shakespeare, nicht Kleist, sondern eine höhere Form von Dramatik: eine TV-Aufzeichnung. Andere Formen von Aufzeichnungen (etwa schriftstellerische Aufzeichnungen) verblassen angesichts einer TV-Aufzeichnung. Eine Aufzeichnung allererster Ordnung, deren Vorrang vor allem anderen außer Frage steht. Der Komplementärbegriff dazu wäre die TV-Ausstrahlung. Ich assoziiere damit das Bild gewaltiger Sendemasten oder Sendetürme, ja Fernsehtürme, die in summender Eindringlichkeit in die Welt strahlen, in einem nicht abreißenden Strom von Sendungen und immer weiteren Sendungen … Ob es so etwas wie ein ewiges Leben gibt, wer weiß, aber es gibt mit Sicherheit die Ewigkeit eines endlosen Kontinuums von Sendungen und Sendungen und immer weiteren Sendungen …

All das schwingt in dem Wort TV-Aufzeichnung. Es klingt wie eine Verheißung und Offenbarung. Es klingt so eindringlich wie die Sirene eines Notarztwagens. Alle Mittel scheinen hier erlaubt. Vorsicht TV-Aufzeichnung! Mit solchen Worten könnte man ganze Landstriche sperren – die Richtigkeit derlei Maßnahmen erklärte sich wie von selbst, allein durch das Wort: TV-Aufzeichnung. Man denke sich Dichter oder Maler, die einen Weg sperren lassen mit Schildern wie: Gedicht- oder Landschaftsaufzeichnungen – man würde sie davonjagen. Oder achselzuckend weitergehen.

Betrifft TV-Aufzeichnung. Alle Konzentration und Hingabe ist hier geboten, umfangreiche Planungen und Vorarbeiten. Buhners Assistentin schickte mir genaue Ablaufpläne: Donnerstag, 15. Juni, Anreise. Fahrkarte besorge ich selber. Zugverbindungen: Tübingen ab, Stuttgart an. Am Hauptbahnhof nehme ich ein Taxi (Quittung aufbewahren!) und fahre ins Hotel Stauferbad. Dort ist ein Einzelzimmer für mich reserviert. Im gleichen Hotel sind auch die anderen Gäste der Sendung untergebracht. Um 18 Uhr erwartet mich Bühners Assistentin an der Rezeption, um gemeinsam mit mir zum Aufzeichnungsort zu fahren. Ab 18.15 Uhr Maske Faba M. – ihre Maske dreimal so lang wie die ihrer Gäste. Ab 19.15 Uhr Maske Freia Barschel und meine eigene Maske. Ab 19.30 Uhr Maske Didier Thurau. 20.15 Uhr Tonprobe mit Gästen und Moderatorin. Anschließend Warming-up Faba M. und ihre Gäste. 20.30 bis 22.00 Uhr Aufzeichnung der Sendung. In folgender Reihenfolge: Didier Thurau, Freia Barschel und ich selbst. * Reihenfolge kann sich noch ändern! Nach der Sendung Signierstunde Faba M. Abschminken der Gäste. Ab 23 Uhr Essen im Restaurant *Rendezvous.* Danach Hotel etc.

In dieser Genauigkeit entfaltete sich der über viele Seiten gehende Ablaufplan – in der protokollarischen Ernsthaftigkeit und Eindringlichkeit eines Staatsbesuchs. Auf gesonderten Merkblättern und Formularen standen zahllose Fragen und Hinweise: keine karierten Kleider, da Flimmern und optische Verzerrungen bei Aufzeichnung; auch keine karierten Krawatten. Frage: Brillenträger – Ja oder nein? Kontaktlinsen? Hörgerät? Raucher oder Nichtraucher? Besondere Medikamente? Wenn ja, welcher Art? Sonstige gesundheitliche Beeinträchtigungen? Fragen über Fragen, auch zu Bildungsgang, religiösen Gefühlen und Allergien. Dazu die Aufforderung, vor der Aufzeichnung auf alkoholische Getränke zu verzichten. Merkblatt: Atemübungen und sprechtechnische Übungen. Ich atme ein, halte den Atem an und schaukle die Luft mit Hilfe des Zwerchfells im Brustkorb mehrmals auf und ab …

Professor Müller-Niebert erkundigte sich bei mir: Wie es mir gehe? Aufgeregt? In Vorbereitungen auf die Sendung? Er gab mir Lektüretipps, empfahl mir wenigstens eine grobe Durchsicht literaturwissenschaftlicher Standardwerke und Lexika. Um auf eventuelle fachliche Fragen vorbereitet zu sein, und seien es nur harmlose Fragen wie: Was ist ein Roman? Oder eine Metapher? Oder ein Anakoluth? Er sah die Sendung in Bildern einer Doktorprüfung. Vielleicht auch als PISA-Prüfung für Hochschullehrer. Nicht nur mein, sondern das Renommee der ganzen Universität stehe auf dem Prüfstand. Er sagte das nicht, aber er dachte es – durchaus. Ich möge an meinem Tonfall feilen – so seine Andeutungen. Meine süddeutsche Intonation sei unverkennbar – sowie andere sprachliche Auffälligkeiten und Schludrigkeiten. Zum Beispiel eine S-Schwäche und ein leichter Betonungstick am Ende längerer Sätze. Ein wenig Sprechtechnik sei nicht von Nachteil. Er empfahl mir, seinen Lektor zu konsultieren. Ich solle mich auch mit McMurphy in Verbindung setzen, obgleich er für McMurphys illustre Bühnenauftritte nur Verachtung übrig hatte.

+

Wenn man sich dem Staatstheater nähert, so sieht man schon von weitem überdimensionale Wandbehänge mit Fabas Gesicht an den Außenwänden des Theaters – nur mit ihrem Namen, ohne eine sonstige Erklärung. Sie schwebt jenseits aller Erklärungen. Neben ihr sieht man kleinere, bild- und farblose Transparente mit den Ankündigungen einiger Theaterstücke, Stücke von Shakespeare, Beckett und Pinter. Sie hängen wie Nebensächlichkeiten neben ihr. In der Eingangshalle des Staatstheaters ein weiteres Faba-Transparent. Ihr Gesicht wirkt darauf entgegenkommender. Die Dimensionen sind dennoch gewaltig. Von Orwellschen Ausmaßen. Die Menschen im Foyer verstummen. Sie werden von uniformierten Stewards in eine gesonderte *Faba M.-Lounge* geführt. Dort werden Cocktails und Erdnüsse und Informationsbroschüren gereicht. Wie vor einem Langstreckenflug. Auch die Kellnerinnen sind stewardessartig kostümiert. Lautsprecherdurchsagen weisen das Publikum auf den Beginn der Aufzeichnung hin, in der Art von Flughafendurchsagen, die auf einen eminenten Langstreckenflug hinweisen. *Last Call.* In dieser Eindringlichkeit die Durchsagen, als ob dort (neben gewöhnlichen Dramen, die in kleineren Auditorien gespielt werden) ein Drama allerhöchster Ordnung stattfände.

Ich erlebte dies bei meinem ersten Besuch am 1. Juni: als ein gewöhnlicher Besucher, der sich im hintersten Hintergrund hielt. Professor Müller-Niebert war mit mir. Vielleicht um sich von der Tatsächlichkeit all dessen zu überzeugen – ob nun von der Tatsächlichkeit der Sendung oder meiner Anwesenheit in dieser Sendung. Auf einem Flyer, der uns gereicht wurde, stand der Satz: *Faba M. So macht Theater Spaß.* Professor Müller-Niebert nickte. Er war stiller und einsilbiger als sonst. Seine Kommentare und Maßregeln wirkten flüsternd. Für einen Moment berührte er meine Hand. Allmählich gelangten wir über eine Rolltreppe ins Auditorium und setzten uns in eine der hinteren Reihen. Müller-Niebert wollte es so. Wie auch die Mehrheit der anderen Zuschauer, die eher die hinteren als die vorderen Ränge aufsuchten. Vermutlich aus Scheu vor den Kameras, die sich auf der Bühne befanden. Zwei von ihnen waren auf das Auditorium gerichtet. Ein Zuschauer hinter uns verglich sie mit dem Anblick von Geschützen auf einem Kriegsschiff. Müller-Niebert saß geduckt. Lautsprecherdurchsagen machten darauf aufmerksam, dass in den vorderen Reihen noch Plätze frei seien. Nach und nach wurden diese Durchsagen deutlicher und bestimmter: Die Wahrscheinlichkeit, von einer Kamera eingefangen und ins Bild gesetzt zu werden, sei an jedem Ort des Auditoriums gleich – so die Durchsage. Es gibt für eine Kamera kein Vorne und kein Hinten. Wen sie sehen will, den sieht sie, wo immer man sitzt oder nicht sitzt. Müller-Niebert verbarg sich hinter einem Programmheft, während sich die hineinströmenden Zuschauer auf die letzten verbliebenen Plätze setzten.

Ein Regisseur trat auf die Bühne. Er erklärte den Ablauf der Sendung. Faba und ihre Gäste verspäteten sich ein wenig. Das sei nichts Ungewöhnliches, sondern fast normal. Kein Grund nervös zu werden. Er lächelte, er begrüßte, er nickte; erinnerte das Publikum daran, die Mobiltelefone auszuschalten; während der Sendung nicht aufzustehen, die Plätze zu tauschen oder davonzugehen; sich nicht kratzend oder in ähnlichen Posen den Kameras darzubieten. Wenn möglich nicht husten oder sprechen, auch nicht flüstern … Nach all den Auflistungen dessen, was wir nicht tun sollten, sprach er nun davon, was wir tun durften, ja unbedingt tun sollten: zum Beispiel applaudieren. Durchaus, unbedingt applaudieren, ohne jede Zurückhaltung. Applaudieren! Bei jeder sich bietenden Gelegenheit, beispielsweise mit jedem Auftritt oder Abgang eines Gastes, oder bei jedem zustimmungswürdigen Satz, den ein Gast spricht oder auch nur denkt; auch bei jeder zustimmungswürdigen Handlung, die ein Gast fordert oder deren Vollzug er für sich selbst oder auch nur als Möglichkeit in Aussicht stellt: »Sofort applaudieren! Unbedingt applaudieren!« Durchaus auch lachen und raunen, mitfiebern, mitgehen, miterleben, sich hineinversetzen, mittendrin sein, aus sich herausgehen … Er übte das mit uns, in schlagartigen Sätzen, die Applaus verdienen, wenn nicht geradezu fordern: »Übrigens habe ich heute Geburtstag.« Applaus. Oder: »Kameramann Heinz reitet nächste Woche.« Applaus, den der Regisseur mit aufpeitschenden Bewegungen immer noch vehementer und leidenschaftlicher haben wollte. »Sie können das lauter. Sie können das besser!« Um im nächsten Moment Sätze zu sprechen, die ein sofortiges Raunen hervorriefen. Dies ging zwanzig Minuten, ein Wechselbad der Gefühle: Furcht und Mitleid, Zustimmung und Erleichterung, Freude und Bejahung. Und Applaus. »Bitte noch einmal Applaus. Und noch einmal. Und noch einmal …«

Als Faba auf die Bühne trat, war der Applaus des Publikums überwältigend. Aus dem Nichts war sie gekommen, keinen Moment zu früh und keinen Moment zu spät. Sie stand – ohne sich zu verbeugen – in großer Unnahbarkeit und Vertrautheit. Nicht mehr von dieser Welt und doch wiederum völlig eins mit dieser Welt – getragen, umschwärmt, umkost. Vielleicht würde sie sagen: Ich bin wie Ihr alle, nur unter anderen, besseren Umständen. Sie stand in dem nicht endenden Applaus wie eine einsame Strandgängerin im Wind. Ich erkannte sie sofort wieder. Und ich erkannte sie so gut wie überhaupt nicht wieder. Ein Blick nach links, ein Blick nach rechts, und das ganze Bild änderte sich. Von Vertrautheit zu Fremdheit und wieder zurück zu Vertrautheit. Je nach Blickwinkel. Für einen Augenblick kam mir die Analogie mit der griechischen Götterwelt in den Sinn. Die Fernsehwelt als polytheistische Götterwelt. Ihre Exponate haben Götterstatus: nicht mehr von dieser Welt und doch ein Teil der Welt; in aller Unwirklichkeit und gleichzeitiger Wirklichkeit; unnahbar und dennoch auf eine erschreckende Weise sichtbar und greifbar; teils übermenschlich, teils allzu menschlich; mit unverkennbaren Schwächen und Launen, und doch wieder sakrosankt; in ständiger Fallhöhe zu sich selbst; Eros und Agape in einem ständigen Wechselspiel …

Sie stand noch immer im Applaus des Publikums und konnte ihre Verlegenheit darüber nicht völlig verbergen, eine Verlegenheit, die zu sagen schien: *Das habe ich nicht gewollt.* Ein wenig wirkte sie wie überrumpelt, als hätte man sie in all das hineingestoßen.

✢

»Was ist Ihr Lieblingstier?« Welch eine Frage. Sie fragte ihre Gäste nach Lieblingstieren. Die Frage war nur eine Aufwärmübung, eine Tonprobe, aber auch ein erster atmosphärisch-menschlicher Fingerzeig. Der Reihe nach wurden die Gäste auf die Bühne gerufen. »Was ist denn Ihr Lieblingstier?« Eugen Drescher wirkte bei dieser Frage außer sich – er hatte soeben wegen tiefenpsychologischer Exegesen seinen Lehrstuhl verloren, wirkte ohnehin konfus und angeschlagen. In rasender Hilflosigkeit saß er vor ihr – seine stammelnden Worte schwankten zwischen immer neuen Tiernamen, die er im Geiste suchte und wieder verwarf. Er ahnte die Tragweite ihrer Frage. Nur auf den ersten Blick eine harmlose Frage. In Wahrheit eine entlarvende Frage, die einen Menschen in ersten, kaum mehr revidierbaren Zügen dingfest macht – ihm erste Sympathien oder Antipathien beim Publikum einbringt. Die symbolischen Verästelungen und Anknüpfungspunkte einer solchen Frage sind mannigfach: psychologisch, ästhetisch und theologisch. Allein die theologischen Implikationen einer solchen Frage sind endlos.

Sie schaute ihn an mit einem Ausdruck, der bedeuten wollte: Es ist doch nur ein Lieblingstier. Kein Lieblingsmensch, kein Lieblingsphilosoph, kein Lieblingsbuch, sondern nur ein Lieblingstier.

Notiz: Unbedingt ein passendes Lieblingstier finden! Eine solche Frage nicht auf die leichte Schulter nehmen. Kein zu banales Tier wählen, aber auch kein allzu exaltiertes. In Lexika nachschlagen. Gegebenenfalls Kollegen aus der Biologie konsultieren. Bestiarien studieren. Symbole und Assoziationen herausarbeiten. Nicht wie Drescher in furchtbare Nöte geraten.

Ihre Arme lagen andeutungsweise auf der Sofalehne ausgestreckt, nicht anders als ihre gestreckte Pose auf der Parkbank während meines Vortrags. Irgendwann sagte er: »Marienkäfer. Mein Lieblingstier ist ein Marienkäfer.« Faba lächelte, teils nachsichtig, teils mitleidig. Er schien mit dieser Antwort bei ihr durchgefallen, nicht mehr ernst zu nehmen, die offenkundige Harmlosigkeit eines solchen Tieres ein Anzeichen naiver Arglosigkeit und Winzigkeit. Sie nahm diese Antwort lächelnd zu sich und wiederholte: »Marienkäfer.«

Erst dann begann die eigentliche Aufzeichnung der Sendung. Erst dann – mit den Klängen einer entfernten Melodie, gegen die man sich kaum wehren kann, für die man im Gegenteil immer empfänglicher wird. Man ahnt den Beginn der Sendung an den Bewegungen der Kameras, die nun nicht mehr verwaist stehen, sondern von Kameramännern und geduckt laufenden Kabelträgern in kreisförmigen Bahnen um die Bühne bewegt werden. Ihre Bahnen folgen keinem nachvollziehbaren Plan, eher einer tänzerischen als einer technischen Bewegung. Eine Form elysischer Umgarnung. Für Momente wirken diese Bewegungen geradezu überschwänglich und schwärmerisch. In Schwärmen bewegen sie sich hin auf das Objekt ihres Interesses, fixieren und umkreisen insbesondere Faba von jeder sich bietenden Seite. Teils tänzerisch, teils in raubtierhaften Umkreisungen. Man spürt angesichts dieser Umkreisungen etwas von einer wachsenden Gier, einer Gier des Auges, mehr und immer mehr von ihr sehen zu wollen, und es ist nicht nur die Gier der sie umkreisenden Kameras, sondern auch meine eigene Gier des Auges, die sich dabei immer unverhohlener abzeichnet. Wie ein vorbeugendes Halten und Festhalten. So als könnte jeder Blick der letzte sein.

✣

Ein neuer Anzug, eine neue Krawatte und neue Schuhe – auch eine Zehnerkarte für ein Sonnenstudio. Und ich arrangierte einen weiteren Termin bei meinem Zahnarzt. Überdies Sprechübungen: *Überdies … Überdas … Überdoch …* In Schaufenstern sah ich meinen gespiegelten Gang. Er wirkte gebückt und gestaucht – ein katastrophaler Anblick angesichts eines bevorstehenden Fernsehauftritts. Die Worte meiner geliebten Großmutter. Sie sprach früher oft von Trittfestigkeit und Parkettfähigkeit. Mein hölzerner Gang war weit davon entfernt. Meine Hüfte schmerzte. Spätfolgen eines Schwimmbadsturzes. Ich war gedankenlos in ein falsches Becken gesprungen. Hüfte rechts. Seither in regelmäßigen Abständen Gehprobleme. Mein Gang in der Tat eckig, hölzern, geschraubt. Wie ein solcher Gang – quer über die Bühne – auf Faba und das Publikum wirken würde. In manchen Momenten sah ich mich mehr über die Bühne taumeln als aufrecht gehen. Ich verlor das Gleichgewicht und stolperte ihr entgegen, lag mit meinem Körper halb auf ihr, halb auf dem Boden.

Ich machte Laufübungen. Und Sprechübungen. Stand vor meinem Kleiderschrank und betrachtete meine Jacketts. Was sie wohl zu der marineblauen Jacke sagen würde? Immerhin trug ich diese Jacke bei meinem damaligen Vortrag. Ich hielt die Jacke neben mich und auch neben sie. Ich streichelte die Jacke – mit ihren Händen.

Ich schaute fern, nicht mehr zu meinem Vergnügen, sondern um zu lernen. In jedem Interview, das ich sah, sah ich mich nun selbst – mit wachsendem Schrecken. Ich schaute Videoaufzeichnungen früherer Faba-Sendungen. Ihr Gast: ein heroinabhängiger Kanureisender. Ich beobachtete genau: Wo er saß, auf welcher Seite des Bildschirms, in welchem (Augen)Winkel zu Faba, in welchem Winkel zu den Kameras … Ich arrangierte in meinem Wohnzimmer zwei Sessel in der Art eines Fernsehstudios und fing an mich zu befragen. Ich hatte keine Ahnung, was ich mich hätte fragen können. Geschweige denn eine Ahnung, was mich Faba hätte fragen können. Einige Sätze sprach ich laut, um meine Stimme zu üben. Ich bemühte mich um einen betonten, beflissenen, offiziellen und dennoch jovialen Klang. *Wissen Sie … Sehen Sie … Es ist doch so … So oder so …* Nur der Klang ist wichtig. Meine Stimme sollte ein vertrautes Geräusch sein: *Überdies … Überdas … Überdoch …* Ich sprach mit gelangweilten Gesten: *Aber ja …* Hörte mich mit den Ohren meines Fernsehsessels: *Ich Hochschullehrer … Ich Mensch …* Verbrüderte mich mit meinen Worten, so gut es ging:

Menschenführer, Menschenskind, Menschenfreund … Ich sprach, ich versicherte, ich beschwichtigte … Ich sprach und sah, ich sah und sprach …

Dann die Frage eines Lieblingstiers. »Was ist denn Ihr Lieblingstier?« Würde ich mich an der Wahrheit orientieren, dann müsste ich antworten: Hund. Oder mit Abstrichen Katze. Beides jedoch völlig außer Frage. Von grotesker Banalität. Ein seelischer Offenbarungseid. Ausdruck vulgärer Normalität. Wie würde Faba beispielsweise einen Hund aufnehmen? Mit welchen Augen würde sie ihn sehen: als bellenden Wachhund auf einem karierten Rasenstück. Oder als albernen Schoßhund bei Kaffee und Kuchen. Also auf keinen Fall Hund. Auch nicht Windhund. Katze dagegen weibisch und affektiert. Völlig undenkbar. Wie auch alle landwirtschaftlichen Tiere: Kühe, Hühner, Ziegen, Schafe … Indiskutabel. Genauso Waldtiere: Reh, Marder, Luchs oder Fuchs. Fuchs. Für einen Moment bedachte ich die Möglichkeiten des Fuchses, seine angebliche Schlauheit und Gewandtheit … Natürlich auch der Fuchs in der Literatur, beispielsweise bei Antoine de Saint-Exupéry: der Fuchs als gezähmter Freund. McMurphy riet mir ab. Oder Zootiere: Löwen, Giraffen, Schimpansen … Für eine kurze Zeit erwog ich die Möglichkeit von Schimpansen, und nahm sogleich wieder Abstand davon. Man weckt hier Assoziationen pseudohafter Spontaneität und Verspieltheit und infantiler Albernheit. Auch nicht Elefanten, Nilpferde, Nashörner … Zu klobig, ungelenk und groß. Ich wollte Geschwindigkeit, Beweglichkeit, Schlagfertigkeit … Vielleicht auch eine Andeutung von Einsamkeit und Melancholie. Auch eine Aura des Verstoßen- und Verkanntseins. Hyäne. Warum nicht Hyäne. Wenn dieses Tier irgendwie zu mir gepasst hätte. Es passte nicht. Kein Tier passte bei näherer Betrachtung. Ich bedachte nicht existente Tiere: z.B. Wolpertinger oder der schottische Haggis, ein dreibeiniges Wesen, dessen linkes Bein kürzer ist als das rechte, da es immerzu am Berg im Kreis läuft. Man könnte sich bei diesem Tier darauf hinausreden, dass es nicht einmal existiert. Reine Erfindung. Wie auch das Fabelwesen Einhorn. Philosophischer Beweis, dass man über etwas sprechen kann, das es gar nicht gibt. Sprache als heuristische Fiktion. Es wäre eine schlagende Überleitung zu akademischen Fragen. Professor Müller-Niebert wäre begeistert. Und das Publikum perplex. Doch wen interessiert das. Man könnte mich darauf festnageln, warum ich mich ausgerechnet hinter fiktiven Tieren verschanze. Was ich damit sagen wolle. Einhorn. Man könnte auf dessen phallischen Symbolgehalt zu sprechen kommen, mich auf meinem eigenen akademischen Terrain stellen und in die Ecke treiben. Man könnte mich fragen, ob ich ein verhinderter Witzbold sei. Ob ein nicht-existentes Lieblingstier nicht genauso viel über mich sage wie ein reales Tier. In der Tat.

Wenn also nicht Fabeltier, dann vielleicht ein Wappentier. So womöglich der Rat von Professor Müller-Niebert. Wappentiere wie beflügelte Drachen oder Zentauren. In der Universitätsbibliothek konsultierte ich Wappenbücher, Bestiarien, Tieratlanten. Soweit nur die Suche nach einem geeigneten Lieblingstier.

McMurphy sprach von Profil, von Eigenheiten und Kontur. Und Charakter. Schon Aristoteles hat das gefordert: »Eine Person hat Charakter, wenn ihre Worte oder Handlungen Neigungen erkennen lassen.« Das Fernsehen verlangt nach Persönlichkeiten. Wir leben nicht mehr in Zeiten von Prinzipien, sondern von Persönlichkeiten. Charaktere. Mit heldenhaften Eigenschaften. Und deutlichen Botschaften. Nicht Brecht, sondern Aristoteles. McMurphy sprach von Ungestümheit und Kühnheit. Aufs Ganze gehen. Sich nicht überraschen lassen, sondern selbst überraschen. Dem Gegenüber in jedem Punkt überlegen sein. Die Auseinandersetzung auf sein Terrain überführen. Wenn Faba nach Lieblingstieren fragt, dann mit Gegenfragen zurückschlagen: *Würden Sie mich heiraten? Oder mit mir Fahrrad fahren?* Derart. Sie aus dem Gleichgewicht bringen. Sie von einer Verlegenheit in die nächste stürzen. Wer glaubt sie eigentlich, wer sie ist!

Er empfahl mir einen Haarschnitt. Keinen neuen Haarschnitt, auch keinen anderen Haarschnitt, sondern einen Haarschnitt. Und einen Akzent. Ob nun Hanseatisch oder Britisch. Akzente seien hilfreich. »Frauen lieben das.«

Bei einem Spaziergang erzählte er von einer mündlichen Prüfung in Oxford. Der Kandidat trat devot ins Büro des Professors, der schweigend an seinem Schreibtisch saß und Zeitung las, ohne den Kandidaten auch nur zu beachten. Als der Kandidat sich mit leisen Geräuschen bemerkbar machte, schaute der Professor auf und sagte: *Impress me*, und verbarg sich wieder hinter seiner Zeitung. Der Kandidat saß sprachlos und perplex, ohne irgendeinen Plan, was er tun könnte. Dann holte er ein Feuerzeug hervor und zündete die Zeitung des Professors an. Derart. Hasardstreiche.

Er empfahl mir einen Tanzkurs. Schrittübungen, Drehübungen, Schulterübungen. Atemübungen …

Müller-Niebert informierte mich vorab von einem Schreiben der Zentralen Verwaltung der Universität, in dem man mir mitteilen werde, dass man meinen auslaufenden Vertrag nicht verlängern könne – aufgrund zahlreicher Gegebenheiten, die gar nicht nur mit den negativen Evaluationen meiner Lehrveranstaltungen zusammenhingen. Die Entscheidung sei nicht leicht gefallen. Und es sei auch nicht seine eigene Entscheidung oder überhaupt die Entscheidung einzelner Personen, sondern eine Gesamtentscheidung innerhalb eines Gesamtgefüges. »Ich bedauere – aufrichtig.« Als ob man auch unaufrichtig bedauern könnte, was man in der Tat kann. Seine Worte waren mit Trauerflor behängt. Er sprach seine Sätze wie Todesnachrichten. Er drückte meine Hand. Beim Hinausgehen winkte er mir nach.

Fische. In Müller-Nieberts Büro stand ein Aquarium mit Fischen. Bislang hatte ich noch überhaupt nicht Fische oder Meeresbewohner als Lieblingstiere in Erwägung gezogen: Wale, Haie oder Delphine. Delphine! Eine solches Tier enthält ein Überraschungsmoment und ist uns zugleich sympathisch und vertraut. Ein hochintelligentes, geradezu menschliches Tier. Voller Einfühlungsvermögen. Ein Tier anziehender Eigenschaften: melancholisch, intelligent, anmutig, von atemberaubender Kraft und

Geschwindigkeit. Delphine. Ich entschied mich für Delphine.

+

Herr Bühner erkundigte sich bei mir: Wie es mir gehe? Ob ich noch Fragen hätte? Nein, ich hatte keine Fragen. Für einen Moment dachte ich daran, unhaltbare Forderungen zu stellen. Ein höheres Honorar. Oder ein besonderes Mineralwasser, das man mir während der Sendung servieren soll, ohne das ich nicht auftreten kann. *Malvern Water*. Ein Heilwasser aus England. Man müsste es eigens aus England einfliegen lassen. Oder über eine Apotheke bestellen … Doch Herr Bühner war schon längst bei ganz anderen Fragen: »Freia Barschel und Didier Thurau haben abgesagt.« Kurz hintereinander. Er machte eine Pause. Man werde sich um Ersatz bemühen. Obgleich das nicht leicht sei. Nur wenige Tage vor der Sendung. Seine Stimme klang nun so, als wäre ich mit der Planung und Durchführung von Sendungen bestens vertraut. Es gebe auch andere Möglichkeiten, so Bühner. Zum Beispiel die Sendung von Grund auf neu zu gestalten. Ob ich mir das vorstellen könnte? Zum Beispiel, ob ich mir vorstellen könnte, auch als alleiniger Gast bei der Sendung zu sein. Ebenbürtige Ersatzgäste seien kaum mehr aufzutreiben. Jedenfalls nicht in so kurzer Zeit. Er stellte dies als gute Nachricht hin: Ich als einziger Gast. Alleine. Eine ganz andere Präsenz und Aufmerksamkeit. Ungeahnte Möglichkeiten …

Ich informierte ihn, dass man mir soeben gekündigt habe.

Bühners Entgegnung: teils Verwunderung, teils Anteilnahme, teils Aufmunterung … Ein Brainstorming sich überschlagender Gedanken und Beileidsworte: Was ich davon halte, im Rahmen der Sendung eine Vorlesung zu halten. Ad hoc. Coram publico. Eine Vorlesung von etwa zehn Minuten. Als kleine Demonstration. Die Bühnentechnik könnte ein Pult aufstellen. Er nannte zahlreiche dramatische Mottos und Möglichkeiten: Abschiedsvorlesung. Vorlesung an die Nation. Vorlesung ohne Wenn und Aber, ohne Ausreden und Umschweife. Tacheles. Vorlesung an meine ehemaligen Studenten oder Kollegen … Er war kaum mehr zu bremsen. Irgendwann legte er auf.

Ich hatte Zweifel an der Richtigkeit des Wochentages. Deshalb meine Anrufe bei der Zeitansage. Ich wollte nicht die Uhrzeit, sondern den Wochentag. Ob heute bereits Donnerstag sei? Keine Antwort. Wer mir diese Auskunft erteilen könnte? Meine Bank erteilte mir die Auskunft: Heute nicht Donnerstag, auch nicht Mittwoch, sondern Montag. Ich zählte die Stunden, die noch blieben, ordnete sie in Sprechübungsstunden, Ankleidestunden und Vorlesungsstunden.

Vorlesungen. Ich durchwühlte meine Schubladen nach Vorlesungen. Oder nach Fragmenten von Vorlesungen, die man zu einer neuen Vorlesung zusammenstellen könnte. Antrittsvorlesungen, Ringvorlesungen, Notvorlesungen … Wenigstens einzelne Formulierungen oder Wörter, die man für eine weitere Notvorlesung verwenden könnte.

Ich fand kaum ein brauchbares Wort, allenfalls Buchstaben. Jede Vorlesung ein eigenes Schreckgebilde, ein gedankliches Trümmerfeld, ohne einen einzigen intakten Gedanken. Die Steigerungsform von Vorlesung. Sie lautet Fernsehvorlesung. Eine Selbstvernichtung. Der größte anzunehmende berufliche Versagensfall. Eine Hinrichtung – qua eigener Unfähigkeit. Selbstenthauptung in aller Öffentlichkeit. Selbstenthauptung ist das falsche Wort. Vielmehr ein stammelndes Ertrinken. Mein Oberkörper: ein ständiges Beben, ein nach vorne gebeugtes Klammern und Kauern. So sah ich mich im Spiegelbild meines Kleiderschranks.

Ich begann mit jovialen Formulierungen: »Meine Damen und Herren …« Meine Schreibtischlampe war die Kamera. »Meine Damen und Herren …« Das klang so, als ob es tatsächlich möglich sein könnte, eine Vorlesung zu halten. Als bestünde kein Zweifel daran, dass diesem Satz ein anderer Satz folgt und diesem anderen Satz ein noch weiterer Satz. Derart jovial klang das: »Meine Damen und Herren …«

Eine Medienvorlesung. Der Rat von Frederike Tarnart in all den Jahren: »Ich sage nur ein Wort, ein einziges Wort: Medienvorlesung.« Weg vom Drama, weg von allen bisherigen Vorlesungen. Stattdessen Medienvorlesungen. Sie sagte das in endloser Berührung meines linken Arms. Also sprach ich in die Tischlampe eine Medienvorlesung: »Meine Damen und Herren …« Eine Medienvorlesung über das Fernsehen. Im Rahmen einer Fernsehvorlesung. Was könnte passender sein. Eine Vorlesung über das Fernsehen im Fernsehen. Ich trete ans Pult: »Das Fernsehen …« Man schaut mich begierig an. »Das Fernsehen …« Man erwartet einen vollständigen Satz. »Das Fernsehen ist …« Ja?

»Das Fernsehen ist … eine Intensivstation … Das Ringen um Masse und Leben … Das verzweifelte Ankämpfen gegen den sicheren Tod endloser Abende. Die Sendungen gleichen metaphorischen Serien von Adrenalinspritzen, Reanimationen, Mund-zu-Mund-Beatmungen und Beruhigungsmitteln. Es handelt sich um ein medizinisches, ja intensivmedizinisches Unterfangen …« Kamera aus! »Ihr Rhythmus ist minutiöser als der von Herzschrittmachern. Jede Sendung beginnt auf die Minute, ja die Sekunde pünktlich, jahraus, jahrein. Kein Stillstand. Kein leeres Bild. Kein Sendeschluss – vielmehr ein ewiger Sendefluss, ein Fluss an Stimmen, Bildern und gefüllter Zeit, ein immer weiter noch, weiter und weiter und weiter, ein ewiger Lebenstropf …« Kamera aus! »Die Arbeit der Fernsehmacher gleicht der von Ärzten, ja von Notärzten …« Kamera aus!

Professor Müller-Niebert am Telefon: Es gelte nun ruhig zu bleiben. Die Stelle. Welche Stelle? Die Juniorprofessur. Die Stellenanzeige in der ZEIT, von der er mir berichtet hatte. An der Technischen Hochschule Darmstadt. Ob ich von der Anzeige nicht Kenntnis hätte? Eine Stelle, wie geschaffen für mich. »Sofort bewerben!« Auf dem Postweg war bereits ein Empfehlungsschreiben für mich unterwegs. Verfasst und unterzeichnet von Professor Müller-Niebert persönlich. Der Bewerbung beizulegen. Es gelte ruhig zu bleiben, den Fernsehauftritt in aller Form für die Bewerbung zu nutzen. Er empfahl mir, im Verlauf der Sendung berufliche Fertigkeiten und Fähigkeiten anzudeuten. In aller Beiläufigkeit. Aber treffsicher.

Er bot mir sogar an, mich zur Sendung zu fahren. »Wenn Sie das wollen.« Und er fügte hinzu: »Die Fernsehzeitschrift.« Die Sendung sei in seiner Fernsehzeitschrift angekündigt. Zusammen mit meinem Namen. Für ihn war die Nennung meines Namens in einer Fernsehzeitschrift wie eine Adelung, der Aufstieg in ungeahnte Sphären wachsender Bedeutsamkeit. Mein Name in nächster Nähe zu Namen wie Liz Taylor oder John Wayne. Auf ein und derselben Seite einer Fernsehzeitschrift. Und Plakate. Ein Stuttgarter Kollege von ihm habe Plakate gesehen: die Ankündigung der TV-Aufzeichnung. Mit meinem Namen. Zusammen mit Fabas Namen und dem Logo des Senders. Und dem großbuchstabierten Hinweis: Staatstheater.

+

Wie leichtfertig von ihnen, mich zu einer Sendung einzuladen, ohne sicher sein zu können, dass ich mich am Donnerstagabend tatsächlich zur Aufzeichnung dieser Sendung einfinden werde. Woher diese Sicherheit? Was wäre, wenn ich nicht komme. Ohne jede Vorwarnung. Nur noch Minuten bis zum Beginn der Aufzeichnung der

Sendung. Sie warten. Sie warten weiter. Wo er nur bleibt? Herr Bühner und seine Mitarbeiter – händeringend – am Eingang des Staatstheaters; Faba in den Korridoren des Theaterinneren. Selbst sie wird nun allmählich unruhig. Sie braucht dringend einen Gast. Was ist ihre Sendung ohne einen Gast. Was könnte sie fragen, wenn nicht ihren Gast, was sagen, ohne ihren Gast. Wohin sollte sie lächeln, wenn nicht zu ihrem unschätzbaren Gast. Ihre Sendung würde unweigerlich in sich zusammenbrechen. Womöglich müsste man sie gar abbrechen. Exodus. Schluss, aus, vorbei. Keine TV-Aufzeichnung. Keine Sendung. Ein starres Testbild. Trauermusik. Andere Fernsehkanäle schalten – aus reiner Sensationslust – auf dieses Gerippe von Bild. Es wirkt wie nach einem Bombenangriff. Vielleicht wird dies an manchen Fernsehgeräten zu tumultartigen Szenen führen. Plötzlich kommt Bewegung auf die leblosen Bildschirme. Man zeigt ein Foto von mir – gleich einem Fahndungsfoto – als dem Schuldigen dieses Notstandes. Sie zeigen mich in aller Öffentlichkeit wie einen Deserteur. Ein Fernsehdeserteur. Sucht ihn! Fasst ihn! Überstellt ihn! Welch grenzenloser Leichtsinn, nicht mein Leichtsinn, sondern ihr Leichtsinn, es überhaupt so weit kommen zu lassen. Warum treffen sie keine Vorsorge? Warum schicken sie keinen Wagen? Warum kasernieren sie mich nicht bereits Tage vor der Sendung in den Räumen des Senders, um erst gar kein Risiko einzugehen. Vertrauen ist gut, Kontrolle ist besser. Welch bodenloser Leichtsinn darauf zu vertrauen, dass ich in der Tat kommen werde. Selbst wenn ich mich ernsthaft bemühen würde zu kommen – was wäre, wenn ich nur im Stau stecken bliebe. Hat man daran schon einmal gedacht!?

+

Weitere Tieratlanten und Lexika. Mit Delphin war ich nicht mehr glücklich. Ein solches Tier ist viel zu gewöhnlich und offensichtlich. Auf den ersten Blick durchaus anziehend und sympathisch, aber nicht atemberaubend. Kein Paukenschlag oder Hasardstreich. Im Gegenteil. Jedes Kind könnte ein solches Tier zu seinem Lieblingstier erküren. Kaum mehr als eine maritime Variante von Hund. Also nur im allergrößten Notfall Delphin. Ich suchte nach anderen Tieren. Der Wecker klingelte. Sekretär schien mir ein interessantes Tier. Ich entdeckte es auf den letzten Seiten eines Tierbuchs. Sekretär ist ein Vogel. Sein Verhalten ist weit davon entfernt, anziehend oder liebenswert zu sein. Mit scharfen Krallen erlegt er Schlangen und andere Kriechtiere. Er ist überdies wegen seines bizarren Balzverhaltens bekannt. Mit meterhohen Sprüngen versucht er Aufmerksamkeit zu erwecken. Doch darum geht es nicht. Es geht hier nicht um den Vogel als solchen, sondern allein um den Namen. Sekretär. Welch ein Name.

Frage: »Was ist Ihr Lieblingstier?«

Antwort: »Sekretär.«

Und man wird aufhorchen und sich wundern. Sekretär? – wird womöglich glauben, ich hätte die Frage falsch verstanden, wird mir im Stillen zurufen, man habe nicht nach einem Beruf, sondern nach einem Tier gefragt, und ich werde antworten: »Ja, gewiss, Sekretär. Sie können es in jedem Lexikon nachschlagen.«

Der Wecker klingelte erneut. Ich zog mich an. Nachdem ich mich zuvor ausgiebig geduscht hatte. Ich packte einen Koffer, meinen Kulturbeutel und andere Dinge zusammen – auch meine Notizen für die Vorlesung. Die Vorlesung. »Eine solche Vorlesung muss mit einem Paukenschlag beginnen.« McMurphy. Oder wenigstens mit einer Paradoxie. In der Art des Sokrates: »Ich weiß, dass ich nichts weiß.« Damit trete ich ans Pult: »Ich weiß, dass ich nichts weiß, und kaum das.« Auf der einen Seite behauptet Sokrates, dass er etwas weiß, gleichzeitig präzisiert er den Inhalt seiner Erkenntnis als prinzipielle Unwissenheit. Eine klassische Paradoxie. Mit unendlichen Anknüpfungsmöglichkeiten: Skeptizismus, Fallibilismus, Kritischer Rationalismus, Antinomien … Nur, wer will das hören.

Das häufigste Wort: Ich. Nicht es, sondern ich. Nicht: Es ist … Es war … Es wird … Stattdessen: Ich bin … Ich sage … Ich denke … Faba zuliebe. Weg mit den Es-Sätzen. Als ob sich in diesen Sätzen irgendeine Wahrheit offenbaren würde. Sie offenbart sich nicht. Also Ich-Sätze. Zum Entsetzen von Professor Müller-Niebert. Was spricht dagegen. Warum soll ein Ich-Satz haltlos sein, nur weil dort ein Ich spricht. Wer oder was sonst sollte aus einem Satz sprechen als ein Ich. So wie man umgekehrt einen Es-Satz fragen kann: Wer sagt das? Wer behauptet das? Sie? Oder jemand anderer? Oder viele zusammen?

Die Vorlesung würde auf ein klares Ich bauen: Ich sage … Ich behaupte … Ich vertrete … Nur dass diesem Ich keine eingängigen Sätze folgten. Vielleicht müsste eine solche Vorlesung Bekenntnischarakter haben. Ich bekenne … Ich bekenne …

Ich bekenne, dass ich von Anbeginn meiner Studienzeit von einem einzigen Gefühl getrieben oder von einem einzigen Grundgefühl beherrscht war: von dem der Angst … Prüfungsangst, Vortragsangst und Ordinarienangst. Noch als Student, wenn ich vor dem Büro des Professors wartete, wenn dieser Sprechstunde hatte, war meine Hand eiskalt. Ich rieb sie. Ich massierte sie. Ich ging in die Toilette und hielt sie in heißes Wasser. Umsonst. Wenn der Professor mich ins Büro bat und mir die Hand schüttelte, bereits in diesem Moment war ich entlarvt, durch meine eiskalte Hand …

+

Wenn die Vorlesung schon nach wenigen Sätzen aus dem Ruder läuft, dann bleibt das Wechselspiel mit dem Wasserglas. Ich werde es mir vor der Sendung aufs Pult stellen lassen. Ein poliertes Wasserglas, aus dem ich nach jedem Abschnitt oder Paragrafen Wasser trinke, zur Not auch nach einzelnen Sätzen oder Wörtern. Das erzeugt markante Pausen, nicht nur Pausen nach Paragrafen, sondern zwischen jedem beliebigen Wort. Bei jeder dieser Pausen erhebe ich das Wasserglas und trinke. Um diese Stellen nachhaltig wirken zu lassen. Vielleicht auch um mir und dem Publikum den vollen Ernst von all dem zu bedeuten. Ich trinke gemessenen Schluckes und betupfe danach meine Lippen mit einem Taschentuch. Mein Trinkglas muss deshalb ständig nachgefüllt werden. Dies ein weiterer Vorteil, eine zusätzliche Ablenkung von dem Vortrag. Mit der Bitte an denjenigen, der das Glas nachschenkt, dies bitte ohne gluckernde oder sprudelnde Schankgeräusche zu vollbringen.

Und: Ich werde mit zwei Brillen in die Sendung gehen: einer Brille für die Vorlesung und einer Brille, um davor und danach Fragen zu beantworten, also eine Lesebrille und eine Frage-Antwort-Brille. Beide Brillen äußerst feingliedrig und zerbrechlich; die Frage-Antwort-Brille jovialer und menschenfreundlicher als die kantige Lesebrille. Mit der Frage-Antwort-Brille in der Hand wirke ich – zumindest auf Spiegeln – gelöster, mit Faba in freundlichem Gespräch, fast ausgelassen …

✢

Das Telefon klingelte. Ich ließ es weiterklingeln. In aller Ruhe weiterklingeln. Die Art des Klingelns erinnerte mich an einen Anruf, den ich vor Jahren einmal entgegengenommen hatte. Ich hatte den Hörer abgenommen und meine Stimme ballte sich zu einem Bollwerk der Verteidigung. Aus meiner Stimme klang reinste Ablehnung: Nur zu, rief meine Stimme dem Anrufer zu. Nur zu! In meiner Stimme erklang die Frage: Warum all die Jahre nie ein Anruf, über den ich mich tatsächlich gefreut, den ich mir ersehnt hätte? Warum nie die Plötzlichkeit eines solchen Anrufs? Warum stattdessen immer die falschesten, ungelegensten, abwegigsten Anrufe? In dieser Haltung nahm ich damals den Hörer ab. Mit einer furchtbaren Stimme, die alle Wut und Abweisung in sich versammelte. Doch der Anrufer blieb stumm. Nur ein leises Atmen ging durchs Telefon. Vielleicht sogar ein kaum merkliches Räuspern. Ansonsten sagte er kein Wort. Er schien verstummt. Schließlich legte er auf. Vielleicht war es auch eine Sie. Man hörte noch das Geräusch des bedächtig, fast umständlich aufgelegten Hörers. Dann war es still. Aus der Umständlichkeit des aufgelegten Hörers klang große Traurigkeit.

Ich durchlief die Wohnung und überprüfte alle möglichen Schalter, besonders die des Herdes, ob sie alle ausgeschaltet waren. Dann telefonierte ich nach einem Taxi. Ich erwartete es stehend vor dem Haus. In meiner Aktentasche befanden sich verschiedene Blätter und Versionen einer Vorlesung. Und doch keine Vorlesungen. Weit davon entfernt von irgendwelchen Vorlesungen. Allenfalls Vorlesungsfragmente. Aufblitzende Illusionen von Vorlesungen. Zum Teil handschriftlich geschrieben, in einer wahnsinnigen Krakelschrift. Das Taxi kam. Der Fahrer stieg aus und geleitete mich zur Wagentür. Er nahm mir meinen Koffer aus der Hand und legte ihn in den Kofferraum. Ich setzte mich mit meiner Aktentasche in den Fond und gab ihm die Adresse des Stauferbadhotels. Er sagte nichts, doch ich glaube, er blickte anerkennend. Jedenfalls beobachtete er mich durch den Rückspiegel. Nach einiger Zeit fragte er mich: »Ein Geschäftsessen?« »Nein«, antwortete ich, »ich treffe mich zu einer TV-Aufzeichnung. Ein Fernsehinterview ...« Ich glaube er sagte so etwas wie »Aha.« Für einige Zeit saßen wir schweigend. Dann fragte er mich: »Lampenfieber?« Ich verstand nicht. »Haben Sie Lampenfieber?« Ich? – Lampenfieber? Was für ein Wort. Ich saß völlig ausgekühlt. Ich hatte alles, nur kein Lampenfieber. Warum sagte er Lampenfieber, und nicht Lampenkälte – ich saß steif vor Kälte. Warum sagte er nicht Lampenangst. Die Engländer sagen Bühnenangst. Ich bat ihn, die Heizung des Wagens aufzudrehen. Ich versuchte mein Blut in Bewegung zu halten. Wollte jede weitere Auskühlung vermeiden. Dachte mit Schrecken an den bevorstehenden Händedruck mit Herrn Bühner – und erst recht mit Faba. Meine Hand war eiskalt, besonders die rechte. Sie glich einem gefrorenen Fisch. Ich konnte meine Finger kaum bewegen. So fuhren wir dahin, der Fahrer auf der Überholspur der Autobahn, ich hinten in ungelenken Fingerübungen. Schon auf der Autobahn stand ein erstes Schild mit dem Namen des Hotels. Es zeigte auf eine Abfahrt, in die wir einbogen. Wir fuhren durch einen Vorort. Jede rote Ampel betrachtete ich als Aufschub. Am Ende einer langen Allee setzte mich der Fahrer am Eingang des Hotels ab – durch den Hoteleingang kam ein Portier entgegen. Er begrüßte mich, so als würde er mich wiedererkennen. Bald merkte ich, dass alle Neuankömmlinge in diesem Hotel begrüßt werden, als würde man sie wiedererkennen. An der Rezeption sagte man mir, ich sei sehr früh, um Stunden zu früh, es war noch nicht einmal Mittagszeit, das Team vom Fernsehen werde erst später am Nachmittag kommen. Man bot mir eine Suppe an – ich lehnte ab. Ein Portier brachte mich auf mein Zimmer, nicht das Ratzinger-Zimmer meines letzten Aufenthaltes, sondern ein schlichteres Zimmer, ohne Balkon und ohne Rosenholzschrank. Auf dem Bett lag eine Autogrammkarte Fabas und ein Erfrischungstuch. Ich duschte, dann legte ich mich und wartete …

✝

In einem Buch über das Fernsehen las ich: »Ab einer bestimmten Vorlaufzeit vor der TV-Aufzeichnung möchte der Sender die Kontrolle über den Gast übernehmen und ständig wissen, wo er ist.« Wohl deshalb klingelte das Telefon an meinem Bett. »Herr Monteiro. Sind Sie da?« Ja, ich war da. »Geht es Ihnen gut?« Ja, mir ging es gut. Den Umständen entsprechend. Und zwanzig Minuten später: Ob alles in Ordnung sei? Man bat mich, das Hotel ab jetzt nicht mehr zu verlassen. Und wieder das Telefon: Ob ich zur Abfahrt ins Staatstheater bereit sei? Ja, ich war bereit.

Nicht Herr Bühner, sondern eine Assistentin Bühners, Frau Claassen, empfing mich an der Rezeption. Auch sie grüßte wie eine alte Bekannte. Andeutung einer Umarmung. Wie unter Kollegen. Schauspielkollegen. Als wollte sie mir toi, toi, toi wünschen. Sie lächelte mich an: Alles bestens, im grünen Bereich, so ihre Worte, noch gut im Zeitplan – nur meine Krawatte, die sie nun betrachtete, sei wegen ihrer Schattierung nicht fernsehtauglich. Sie rief einen Kellner, fragte nach der hoteleigenen Krawattensammlung. Jemand brachte das Krawattenbuch mit allen gängigen Krawattentypen.

Die Fahrt zum Staatstheater war rasend. Wir fuhren ohne Rücksicht über Schleichwege, Seitenstraßen und rote Ampeln. Nachdem wir die Schranke zum Staatstheater passiert hatten, durfte ich aussteigen. Ich befand mich *Backstage* in einem parkähnlichen Areal – sehr angenehm und ansehnlich. Ich war ruhig, atmete das Grün hochgewachsener Bäume. Es herrschte Stille. Nicht die geringsten Anzeichen von Anspannung oder Nervosität. Auch nicht bei den Spaziergängern auf den weit verzweigten Spazierwegen. Es herrschte friedliche Stille. Wenn nicht gar Ahnungslosigkeit: ein zeitungslesender Mann auf einer Bank; eine Frau mit ihrem Hund. Als hätten sie keine Ahnung, was hier geschieht. Frau Claassen rief mich mit der Anweisung, mich nicht allzu weit aus dem *Backstage*-Bereich zu entfernen.

In dem Buch über das Fernsehen, das ich gelesen hatte, stand: »Alle Beteiligten leiden Agonien, wenn der Gast nicht auftaucht oder zwischendurch verloren geht.« Was wäre nun, wenn ich verloren gehen würde, in wenigen um die Ecke schreitenden Schritten. Im Hintergrund sah ich die Übertragungswagen. Sie erinnerten in ihrer weiträumigen Ansammlung (mit ihren Satellitenantennen und taudicken Kabeln, die über die Straße ins Theaterinnere führten) an die Übertragung von Bundestagswahlen oder anderen eminenten Ereignissen. Mit ihrer überfüllten Technik schienen die Ü-Wagen auf eine kaum merkliche Weise zu flimmern und zu summen. Sie standen in summender Eindringlichkeit. Sendung auf Sendung strahlt von ihnen aus, unsichtbar in die Welt, Tag für Tag, Nacht für Nacht.

Frau Claassen berührte meinen Arm und führte mich ins Theaterinnere. Wir liefen den Korridor entlang. Sie eilte voraus, ich folgte ihr, in eine entlegene Cafeteria, die für das Theaterpublikum nicht zugänglich ist. »Setzen Sie sich.« Ich setzte mich. »Kaffee? Tee? Cola?« Ich war unschlüssig.

Sie bestellte zwei Tassen Kaffee. Für einige Zeit saßen wir schweigend. Ich schielte auf die Uhr. Nur noch zwei Stunden bis zur Aufzeichnung der Sendung, und wir tranken Kaffee. Ich hatte mit fieberhaften Vorbereitungen und Aktivitäten gerechnet: Besprechungen, Proben, Anweisungen, Ermahnungen … Doch nichts von dem. Nicht einmal eine Frage zu meiner Vorlesung. In größter Ruhe saßen wir und tranken Kaffee. Wir sprachen nicht einmal über die bevorstehende Sendung. Vielmehr lenkte sie das Gespräch auf mich: Wie es mir gehe? Ob ich gut geschlafen hätte? Ob meine Kollegen und Studenten alle vor dem Fernseher säßen, in Erwartung meines Auftritts? Mit Schrecken hatte ich diese Möglichkeit vor Augen. Alles was Corina Claassen sagte und tat, war darauf aus, mich zu beruhigen. Ich schaute auf die Uhr. Sie schaute ebenfalls auf die Uhr und sagte: »Wir haben noch Zeit.« Sie durchblätterte einige Unterlagen – Blätter voller Zahlen, Kürzel und Pfeile. Sie befragte mich zu meiner Schauspielerfahrung. Ich? Schauspielerfahrung? Ich verneinte vehement. Sie fragte weiter: »Sie leiten eine Studententheatergruppe?« Ich antwortete: All dies sei ein Missverständnis, ein Gerücht, eine Übertreibung … Ich leite nicht, ich beaufsichtige … Sie schien mir nicht zu glauben, behandelte mich allen Ernstes wie einen rampenerfahrenen Fachmann. Mann der Regie, Mann des Schauspiels. Als wäre ich die Ruhe selbst, ohne die geringsten Anzeichen von Lampenfieber. So behandelte sie mich. Sie sagte: All das sei kaum der Aufregung wert. Fernsehen sei nur selten aufregend; vielmehr von Grund auf langweilig.

Wie stellte sie sich das vor. Ich werde aus dem Nichts auf die Bühne geschoben: »Da ist er! Er hat Bühnenerfahrung.« Ohne jede Vorbereitung. Ohne irgendeine Kenntnis der Räumlichkeiten zu haben. Ohne zu wissen, in welche Kamera ich schauen soll. Ohne eine einzige Probe. Nicht einmal ein Vorgespräch! Was ist, wenn ich bei meinem Auftritt auf die Bühne über ein Kabel stolpere – coram publico! Sie ging darauf nicht ein. Später fragte sie mich: Ob ich nervös sei? Wie bitte? Ob ich nervös sei? – hörte ich Corina Claassen fragen. Nervös? Ich – nervös? Ich hatte Angst. Sie lachte. Ich war kurz davor ihr zu sagen: Bitte lassen Sie mich gehen! Verzichten Sie auf das Interview. Nur heute. Sicher haben Sie Bänder mit den Aufzeichnungen anderer, viel interessanterer Interviewpartner. Ich bin der falsche Mann! Mir geht es nicht gut! Ich weiß kaum etwas zu sagen. Nie in meinem Leben bin ich auf einer Bühne gewesen! Ich gebe es ehrlich zu. Ich habe nicht die geringste Neigung zum Theater. Nicht einmal als Zuschauer gehe ich gerne ins Theater.

Corina Claassen saß mir beschwichtigend gegenüber. Sie sprach von Bagatellfernsehen. So wie Ärzte von Bagatelloperationen sprechen. Sie versuchte mich abzulenken, erklärte mir, warum es ratsam sei, erst im letzten Moment mit einem Gast Richtung Bühne zu gehen. Sie bestellte ein Glas Cognac. Es wurde sogleich gebracht. Sie stellte es neben meine Kaffeetasse und lenkte das Gespräch auf andere Themen. Einen Augenblick lang betrachtete sie ihre Unterlagen, dann war sie wieder bei mir. Ich leerte mein Glas. Sie bestellte ein weiteres, ob nun für mich oder für sich selbst? »Wer weiß«, antwortete sie, als ich sie das fragte. Sie war noch so jung, in der Tat kaum älter als manche meiner Studentinnen. Ich fragte sie nach ihrer Studienzeit. Sie nannte diese Zeit eine »schreckliche Zeit«. Ich konnte ihr kaum widersprechen. Sie sagte: »Ich kann mich an fast nichts mehr erinnern. Ich habe alles vergessen.« Ich fragte sie, ob ich noch einmal nach draußen dürfe, um mir die Beine zu vertreten. Sie schaute auf die Uhr: »Aber nicht länger als fünf Minuten.«

Draußen saß ich auf einem Plastikstuhl zwischen all den Ü-Wagen und schaute in die Abendsonne. Und dann plötzlich sah ich sie. Sie trat aus dem Inneren des Theaters ins Freie. Nur für einen kurzen Moment, für einige wenige Schritte. Sie war schon für die Sendung hergerichtet, in vollem Make-up, in genau den Kleidern, Mitternachtskleider, mit denen sie später auf die Bühne gehen würde. Faba. Ich weiß nicht, ob sie mich sah oder erkannte. Für Sekunden war ich mir sicher, sie nie anders gesehen zu haben. Um mir im nächsten Augenblick ihre Fremdheit einzugestehen. Als hätten wir uns an keinem Ort zu keinem Zeitpunkt jemals gesehen. Derart fremd blickten ihre Augen. Sie bemerkte mich nicht einmal. Als wäre das Leben ein durchgehender Traum … All das im grellen Sonnenlicht eines heißen Juniabends. Die ganze Szenerie wirkte auf eine betörende Weise unwirklich und unglaubwürdig. Allein der Kontrast zwischen der grellen Sonne und dem mitternächtlichen Flair ihrer dunklen Kleidung. Ihr Aussehen passte in keiner Weise ins Tageslicht. Sie wirkte wie ein Vampir, der mit jedem Sonnenstrahl unwirklicher wird und sich nach und nach in Luft auflöst. Dann wurde sie von ihren Leuten wieder hereingerufen: Die Sendung! Die Sendung!

Herr Bühner kam mir entgegen: »Willkommen … Willkommen …« Er führte mich zur Maske, die noch besetzt war, also setzten wir uns in einen Nebenraum. Er bot mir einen Stuhl und eine Zigarette an, die ich annahm, obgleich ich seit Jahren nicht mehr geraucht hatte. Er erkundigte sich nach der Vorlesung. Ein Pult sei auf der Bühne für mich aufgebaut. Man werde mich unmittelbar vor der Sendung einweisen. Er deutete auf einen Monitor an der Decke, auf dem in fahlen Grautönen die Bühne zu sehen war: die Kameras, die Sofas und das Pult. Er lächelte mir zu und sagte: »Alles im grünen Bereich.« Er wirkte jugendlicher als ich erwartet hatte. Selbst sein Haar wirkte jugendlich. Es erinnerte mich an den ondulierten Haarschnitt meines Friseurs. Und in der Tat. Sein Aussehen und Auftreten hatte etwas Friseurhaftes – bis hin zu dem Geruch von Haar- und Rasierwasser, das den Raum durchdrang. Mehrere Male klingelte sein Handy. Es ging um technische Fragen: Ob Fabas Mineralwasser mit oder ohne Kohlensäure … Durch welchen Eingang ich auf die Bühne treten soll … Ob mit oder ohne Musik … »Alles im grünen Bereich.« Dies der häufigste Satz, den er sprach; er sprach abwechselnd in sein Handy und ein Walkie-Talkie, mit dem er zu den Ü-Wagen in Kontakt stand. »Alles im grünen Bereich.« Nicht nervös werden. Es lohne sich kaum. Nicht um jeden Preis dem Publikum gefallen zu wollen. Im Gegenteil. Modernes Fernsehen sei kein Liebesfernsehen. Manchmal sogar Hassfernsehen. Vierzig oder fünfzig Prozent der Zuschauer schauen eine Sendung nicht aus Zustimmung oder Zuneigung, sondern weil sie die Sendung eigentlich hassen – oder zumindest den Moderator hassen – oder idealerweise beides hassen.

Eine Frau führte mich in die Maske. Ich wurde auf eine hydraulische Sitzkonstruktion gesetzt – mehr gelegt als einfach nur gesetzt. Sie fragte mich nach meiner Krawatte. Sie lag noch in meiner Aktentasche. Modell MCMURPHY.

Sie war zufrieden damit. »Sehr gut.« Senkte den Stuhl. »Entspannen Sie sich.« Befestigte einen Umhang um meinen Hals und puderte und betupfte mein Gesicht. Im Hintergrund telefonierte Bühner. Hassfernsehen. Ich bedachte das Wort Hassfernsehen. Sah das Orwellsche Bild landesweiter Hassstunden: Hassgedanken, Hassworte, Hasstiraden, die in wutschnaubenden Konvulsionen gegen Bildschirme gespieen werden, in hasserfüllten Selbstgesprächen oder Telefongesprächen mit anderen Hassschauern: Oh wie sehr ich diese Sendung hasse. Ein Hass, der durch keine Freundlichkeit oder Beschwichtigung mehr zu besänftigen ist, der durch kein Fernsehprogramm der Welt mehr umzustimmen oder umzuschalten ist … »So entspannen Sie sich doch.« Sie betupfte nun meine Nase, meine Stirn, meinen Hals … Ich hörte Bühners Schritte auf dem Korridor. Er rief nach Mitarbeitern. Dann hörte ich das Wort live. Das Wort klang wie ein Alarmruf. Live. Keine Rede mehr von einer TV-Aufzeichnung, sondern live. Bühners Worte. Schrill in seine Handys gesprochen. Und durch den Korridor gerufen. Live. Nachdem eine andere Live-Sendung des Abends wegen eines Brandes abgesetzt wurde. Deshalb unsere Sendung live. Gemäß einem Notplan des Senders. Bühner telefonierte und telefonierte … Er erteilte Anweisungen: mit Faba sprechen, die Ü-Wagen neu arrangieren, das Publikum im Auditorium vorbereiten. Es teils hinzuhalten, teils zu beruhigen … Selbst die Frau, die mich bepuderte, wirkte perplex. Ihre Hände ruhten auf meiner Schulter. Live. Ich fragte, was das zu bedeuten habe. Sie stand achselzuckend und sagte:

»Fragen Sie Herrn Bühner.« Er war nicht mehr zu sehen, aber zu hören. Er telefonierte im Korridor. Sie fragte mich, wohl um irgendetwas zu sagen: Ob ich nervös sei? Ich verneinte. Nervös. Welch ein Wort. Nervös. Was für eine Frage …

Ich musste auf die Toilette. Sie wollte mich nur ungern gehen lassen, mitten in der Maske, doch ich stand auf und folgte einer Praktikantin durch den Korridor Richtung Toiletten. Ich hörte nun Stimmen und Erklärungen wie: Die Sendung beginne jetzt später. In Echtzeit. Ein neuer Zeitplan, eine neue Zeitrechnung. Nicht mehr Aufzeichnungszeit, sondern Echtzeit. Die Uhren der Mitarbeiter waren bereits umgestellt. Countdown zu einer Sendung, live, in Echtzeit. Man brachte mich zu einem Toiletteneingang. Ich wollte eintreten, doch die Tür war verschlossen. Ich wartete – vertrat mir die Beine – gelangte in ein Treppenhaus und stieg Stockwerk um Stockwerk nach oben – kam irgendwann ins Freie, auf eine Dachterrasse, die die Kuppel des Theaterhauses umgab …

Weit unten die Ü-Wagen. Ich sah den endlosen Strom von Autos, die an dem Theater vorbeifuhren – vielleicht auch darauf zufuhren. Auf der Brüstung saß eine Taube. Unten würde man mich womöglich schon vermissen, meinen Namen rufen, Mitarbeiter nach mir ausschwärmen und mich suchen lassen.

All meine Überlegungen klammerten sich bislang an das Wort TV-Aufzeichnung. Eine TV-Aufzeichnung muss man nicht notwendigerweise in voller Länge senden. Man kann sie kürzen, abmildern, schneiden, einzelne Szenen streichen, zum Beispiel die Vorlesung. Man würde ihre Unsendbarkeit sofort einsehen und die ganze Szene streichen. In ihrem eigenen Interesse. Alle Überlegungen klammerten sich bis vor wenigen Minuten an diesen Gedanken. So wie sich meine Hände an das Geländer an der Brüstung klammerten.

Auf meinem Handy fand ich eine SMS von McMurphy. Er wünschte mir viel Glück, erkundigte sich nach Faba, der Sendung und nach mir. Er schloss mit den Worten: »*A free artist of yourself.*« Das sei das Geheimnis. Ich wählte seine Nummer, doch er war nicht zu erreichen.

Zwischen den Ü-Wagen erkannte ich nun Anzeichen von Unruhe und Nervosität. Die Suche nach mir war bereits in vollem Gang. Ich sah das Leuchten von Taschenlampen, hörte Rufe: Gedämpfte Suchrufe, später dann immer lauter werdende Schreirufe, fast schon Hilferufe. Sie riefen mich um Hilfe.

Noch immer bedachte ich Sätze für den bevorstehenden Vortrag. Als ob ich diesen Vortrag in der Tat halten würde. »Es gibt eigentlich nur ein wirklich ernstes philosophisches Problem: den Selbstmord. Die Entscheidung, ob sich das Leben lohne oder nicht, beantwortet die Grundfrage der Philosophie.« Camus. Und: »Wer einen Suizid demonstriert, will eigentlich nicht sterben, sondern so nicht weiterleben.« Erwin Ringel. Schon seit Jahren wollte ich diesen Satz meiner alten Freundin Gesine zukommen lassen, ihn ihr Wort für Wort ins Gesicht sagen: »Will eigentlich nicht sterben, sondern so nicht weiterleben.« Sie würde den Satz kaum verstehen.

Wie ich sie kenne, würde sie bei der Beerdigung einige Sätze sagen wollen. Und wenn schon nicht bei der Beerdigung, dann doch wenigstens im kleinen Kreis danach. Sie würde zur Überraschung aller Anwesenden aufstehen und einige Worte über mich sagen wollen. Ich könnte ihr das kaum ausreden. »Das ist doch nicht nötig.« Sie, vor Empörung bebend: »Doch, es ist nötig!« Sie würde tagelang an der Ansprache feilen, und sie mir noch persönlich zufaxen. Ob ich das will oder nicht. »Wie gefällt sie dir? Die Ansprache.« Und ob mir die Ansprache nun gefällt oder nicht, ihr würden in jedem Fall zunehmend Zweifel kommen, zunächst an einzelnen Wörtern, später an Sätzen und ganzen Paragrafen. Stundenlang würden wir am Telefon über ihrer Ansprache sitzen, gemeinsam nach Worten suchen, und nach Sätzen, Anekdoten, Überleitungen und Zitaten … Typisch Gesine. Sie will ewige, einzigartige, unteilbare Sätze. Mit nichts und niemandem zu teilen. Es ist wohl ihr Ziel, die anwesenden Gäste zum Weinen zu bewegen. »Ja, zum Weinen«, sagt sie. Ihre Stimme bebt. Ich antworte ihr: Es wäre den Menschen mehr geholfen, statt erst am Grab, bereits zu Lebzeiten um sie zu weinen – vielleicht sogar *mit ihnen* zu weinen. Sie würde schweigen.

Jetzt plötzlich kamen mir einige Formulierungen in den Sinn, wenn schon nicht für ganze Ansprachen, so doch für einzelne Sätze: *Du bist neu unter dem Himmel und frei.* Ich glaube dieser Satz würde ihr gefallen. Für einen Moment fühlte ich mich ruhig. In Gedanken an Gesine. Ach, Gesine. Erst löste ich die linke Hand, dann die rechte Hand …

In den umliegenden Hochhäusern die violetten Flimmerlichter zahlloser Fernsehapparate. Hunderttausendfache Farbtröge, an denen Menschen sich Nacht für Nacht speisen. Sie sitzen oder liegen mit einem Gefühl der Unversehrtheit, in einer Haltung gaffenden Hinterhalts, mit Millionen anderer Gaffer, im Hinterhalt gähnender Gedanken, die gelangweilt zustimmen oder abwinken – oder weiterschalten. Augenvampire. Wie ich selbst, in all den Jahren. Ein Augenvampir. Sauge die Gesichter des Fernsehens aus bis aufs Blut. Sitze wohlbemäntelt in aller Behaglichkeit und lebe starrblickend von anderer Leute Haut und Fleisch. Ich hatte ja keine Ahnung von diesem Lampenfieber.

Die Bilder der Studenten und Kollegen, die sich in wenigen Minuten zusammensetzen werden, um die Sendung zu sehen, ob nun vereinzelt oder in Gruppen, vielleicht gar in einem eigens bereitgestellten Vorlesungssaal. Sie werden sich das nicht nehmen lassen.

Zunächst hörte ich den Motorenlärm nur als entferntes Hintergrundgeräusch, als Teil der akustischen Kulisse der dämmernden Großstadt, dann als irritierendes Nebengeräusch, das man noch wegzuscheuchen oder wegzudenken versucht, dann als Hubschrauber, der mit einem Male über mir schwebte, halb über mir, halb vor mir. Meter für Meter kam er mir näher. Ich löste beide Hände. Hob mein Bein. Der Hubschrauber hatte mich bereits entdeckt. Er schwebte über mir, in solcher Nähe und Deutlichkeit, als würde er über unzählige Funkgeräte verkünden: *Da ist er.*

+

Ein Rettungssanitäter leuchtete mit einer Lampe in meinen Mund. Er fragte, ob ich Medikamente eingenommen hätte. Ich verneinte. Er bückte sich zu einem bereitgestellten Notfallkoffer. Auf seinem Rücken stand in großen Buchstaben: Rettungssanitäter. Ich bedachte das Wort Rettung. Worauf genau sich dieses Wort beziehen sollte: auf die Rettung eines Patienten oder die Rettung einer Fernsehsendung. Ich hörte ihn fragen: »Liegen Sie gut?« Er legte eine Decke über mich.

Alles was folgte, erlebte ich liegend. Die Tür ging auf, und ich wurde durch einen Gang bewegt. Wie auf Rollen. Ich sah die Deckenbeleuchtung über mir hinwegziehen. Zahlreiche Gestalten flankierten mich, von links, von rechts. An erster Stelle Bühner. Er war außer sich: vor Sorge, vor Anspannung und vor Schrecken. Wie es mir gehe? Ob ich wieder auf dem Damm sei? Er fragte das weniger mich als den Rettungssanitäter, der ihm beruhigend zusprach. Andere kamen uns entgegen, auch Frau Claassen. Sie berührte meine Hand, während Bühner, in ein Handy sprechend, immer wieder betonte: »Wir haben Zeit … Noch haben wir Zeit.«

Man brachte mich in einen kleinen Raum. Dort sollte ich ruhen. Mein Blutdruck wurde gemessen. Er war fast normal. So auch mein Puls. Draußen hörte ich Stimmen. Ich schloss meine Augen, fragte noch nach meiner Aktentasche mit den Vortragsmanuskripten. Sie wurde mir gebracht.

Der Weg Richtung Bühne. Ohne Zweifel, ich ging. Ich ging aus eigener Kraft. Ich ging ruhigen Schrittes, und doch war es mir, als würde ich dabei liegen, auf Rollen geschoben, kaum anders als in einem Krankenhaus, auf dem Weg zu einer Operation. Das helle Licht der Bühne kam uns näher. Faba stand neben einer Tür. Sie rauchte eine Zigarette. Jemand bepuderte von der Seite ihr Gesicht. Ihre Augen blinzelten ausweichend zur Decke. Zur Decke blies sie auch den Rauch ihrer Zigarette. Wohin sonst hätte sie den Rauch blasen sollen, wenn nicht gegen die Decke, stand sie doch, von allen Seiten umgeben, mittendrin in andauernden Betätigungen an ihrem Gesicht, an ihrem Haar, an ihrem Kleid. All dies in stehender Beiläufigkeit. Jemand reichte ihr einen Aschenbecher. Sie drückte die Zigarette darin aus. An ihrer Seite die ständige Stimme Bühners: »Hören Sie … Verstehen Sie … Machen Sie …« Sie nickte. »Verstehen Sie.« Sie nickte. Dann sagte sie: »Bitte noch eine Zigarette.« Man reichte ihr eine brennende Zigarette. Nach jedem Zug wurden ihre Lippen betupft. Um für alle Seiten besser zugänglich zu sein, machte sie sich ein wenig kleiner als sie war. Für einen Augenblick sah ich den Anflug ihres Lächelns. So stand sie vor mir: im Zentrum fieberhafter Aktivitäten; in freundlicher Hingabe an all die Berührungen; wie eine Statue in den letzten Vorbereitungen ihrer feierlichen Enthüllung. Sie lächelte aus dem Augenwinkel. Blies den Rauch ihrer Zigarette in die Luft und reichte sie dann nach hinten. Eine letzte Hand korrigierte noch einmal ihr Haar. Dann war sie an meiner Seite.

✢

Aus dem Publikum hörte ich Applaus, Fabas Applaus, den sie mit einer eigenen Verbeugung entgegennahm und mit einer leichten Handbewegung an mich weiterreichte. Das Scheinwerferlicht war so grell, dass das Publikum kaum zu sehen war – nur als schwarze Wand zum Ende eines hell erleuchteten Zimmers, durch das mich Faba führte. So als wären wir die einzigen Menschen weit und breit. Wenigstens für einige Momente. Ich setzte mich. Sie bereitete mir ein Glas Sprudel und stellte es auf einen kleinen Tisch. Sie nahm mir auch die Aktentasche ab, während eine Hand – die Hand eines Technikers – das Mikrofon im Knopfloch meines Jacketts zurechtmachte. Auf der anderen Bühnenseite sah ich das Pult für die Vorlesung. Kein Wasserglas stand auf dem Pult. Kein Wasserglas.

Über Lautsprecher hörte ich eine umfassende Stimme: »Bitte jetzt Warming-up und Tonprobe.« Faba setzte sich aufrecht. Das Publikum verstummte. Sekretär. Was immer auch geschehen mochte, ich würde festhalten an dem Wort Sekretär. Lieblingstier? Sekretär. Interessiertes, wenn nicht anerkennendes Gemurmel aus dem Publikum. Kein Allerweltstier, sondern Sekretär. Welch eine Eröffnung. Mit zahlreichen Anknüpfungspunkten und Kombinationsmöglichkeiten. Ungläubige Fragen und Nachfragen. Die Initiative von vornherein auf meiner Seite. Wie bei einer ungestüm eröffneten Schachpartie. »Herr Monteiro. Was wollten Sie als Kind einmal werden?« Ich verstand nicht. Sie wiederholte ihre Frage: »Was wollten Sie als Kind einmal werden?« Wir saßen in völliger Stille. »Sekretär.« Sie reagierte mit einem wohlwollenden Blick: »Warum ausgerechnet Sekretär?« Ich saß ohne eine Antwort. Die Lautsprecherstimme rief: »Gut, das reicht. Wir leuchten nun ein.« Mit diesen Worten wurden wir eingeleuchtet. Kein Wort mehr zu Sekretär. »Bitte aufrecht sitzen … Kopf nach links … Kopf nach oben … Sehr gut …« Dann zogen sich die Techniker zurück. Sie verließen uns bedächtigen Schrittes. Als würden sie uns in einem eigenen Raum zurücklassen – im Hinausgehen eine schwere Türe schließen. Einer schien sich gar zu verabschieden. Alles um uns herum versank in schemenhaftem Dunkel. Die Kameras waren nur noch Andeutungen. So saßen wir uns gegenüber, Faba und ich, verdrahtet, verkabelt, eingeleuchtet, in Scheinwerferlicht fixiert.

Wir saßen in aller Abgeschiedenheit, wie in einem entlegenen Zimmer, bei einem verlegenen Rendezvous, hell erleuchtet. Sie saß mit angezogenen Beinen … Ich saß mit angezogenen Beinen … Zwischen unseren Knien lagen nur noch Zentimeter. An der Wand hing eine Uhr. Die Minuten und Sekunden bis zum Beginn der Sendung waren rot erleuchtet. Sie studierte und ordnete einige Blätter, die auf ihrem Schoß lagen, und fragte mich flüsternd: »Erinnern Sie sich noch?« Niemand außer uns schien diese Frage zu hören. Sie bedeutete mir, frei zu sprechen. »Die Mikrofone sind nun abgeschaltet.« Ich konnte ihrer Präsenz kaum standhalten … Ich schaute an ihr vorbei, demonstrativ in eine Kamera. Möglicherweise war dies sogar erwünscht und richtig. Also sagte ich: »Ich schaue in die Kamera. Das ist doch richtig? Oder?« Sie antwortete: »Sie müssen nicht unbedingt in die Kamera schauen.« Nein?

»Nein, das müssen Sie nicht. Schauen Sie einfach zu mir.« Zu ihr … Ihr enger Rock bedeckte nicht einmal ihre Knie. Wie ich auch blickte und schaute, ich sah ihre Knie. Um irgendetwas sagen zu können, fragte ich sie – die rot erleuchtete Uhr deutlich im Auge –, fragte ich sie, in wahllosen Sprüngen wachsender Beklemmung: Wie viel Zeit wir noch hätten? Ob ich richtig sitze? Wie viele Zuschauer uns nachher sehen würden? – die Zahl verschlug mir den Atem. Ich sprach nun kreuz und quer, in Panik: Ob meine Stimme in Ordnung sei? Ob ich zu steif wirke? Ob ich schneller sprechen soll? Oder langsamer? Ob ich zu laut sei? Oder zu leise? Sie antwortete jedes Mal: »Es ist alles gut so.« Was ist, wenn ich aufs Klo muss? Sie antwortete: »Sie müssen nicht aufs Klo.« Ich musste wirklich aufs Klo. »Sie müssen nicht aufs Klo.« Sie legte ihre Hand auf mein Knie: »Bitte bleiben Sie sitzen.« Sie berührte meine Hand. Ihre Hand war so kalt wie meine … Dabei blickte sie mich an – kein leerer oder nervöser, sondern ein haltender Blick. Als wollte sie mich kraft ihrer Augen bei sich halten, sollte ich ernsthaft davonlaufen wollen. Mit kleinen Fragen und Worten brachte sie uns in ein Gespräch. Sie fragte, ich antwortete, sie fragte weiter … Ich atmete ruhiger. Sie lächelte, ohne jeden Spott. Niemals sah ich derartige … Schönheit, so unausweichbar nah …, mir gegenüber … – als wäre das kaum der Rede wert. Ich verstand nun die buchstäbliche Bedeutung des Wortes Inter*view*: Inmitten zwischenseitiger Blicke. So saßen wir uns gegenüber. Übergangslos blickte sie in die Kamera. Sie sprach in makellosen Sätzen: »Guten Abend, meine Damen und Herren.« Sie begrüßte das Publikum im Saal und an den Fernsehgeräten, und sie begrüßte mich … Damit begann die Sendung, mit meinem Namen, mit dem Professorentitel, den ich gar nicht habe, mit meinen Veröffentlichungen und Forschungsgebieten. Applaus. Mit einem einzigen Blick veranlasste sie Applaus. Und sprach im nächsten Moment weiter, stellte mich in den wohlwollendsten Formulierungen vor, sprach von Auslandsaufenthalten und Forschungsvorhaben. In nur wenigen Sätzen war ich ein neuer Mensch, als wäre ich ein Mensch in bester Verfassung. Auf dem Gipfel meiner Möglichkeiten. Sie fragte … – und es schien mir bis zu meiner ersten Antwort noch lange hin, noch viele Sekunden, die ich wie Minuten oder Stunden erlebte, in überraschender Ruhe …

Sie wollte mir den Anfang des Interviews so leicht wie möglich machen. Ihre erste Frage lautete: Wie ich die Zukunft der Universitäten sehe? Ich antwortete, ohne zu wissen, was ich antworten sollte oder antworten könnte, ich antwortete, dass ich diese Zukunft schlimmer als alles Bisherige sehe. Ihre Augen, die mich leuchtend betrachteten, schienen mir zu bedeuten, einfach weiterzusprechen: »Es ist eine Angstuniversität. Die Studenten leiden Todesangst. Nicht nur die Studenten.« Eine Pause entstand, ich fügte hinzu: »Sie, die Studenten kommen an die Universität und kennen kaum etwas anderes als Angst.« Pause. »Schulangst, Abiturangst und Universitätsangst.« Pause. »Sie lernen aus reiner Angst. Sie sind kaum zu beruhigen.« Pause. »Weder mit Beschwichtigungen noch mit Versprechen.« Pause. Ich wechselte die Brille, von der Frage-

Antwort-Brille zur Vortragsbrille. »Kennen Sie den Frieden eines Studenten, der mit seinem Namen angesprochen wird.« Pause. »Wenn ein Student oder eine Studentin ein erstes oder einziges Mal während eines ganzen Studiums mit einem Namen angesprochen wird.« Pause. »Haben Sie die Ruhe erlebt, mit der sich Studierende danach in ihre Bücher vertiefen können.« Pause. »Würde ein Student sterben, es würde kaum jemand merken, am wenigsten die Universität.« Pause. »Ich wollte meine Studenten nicht mehr länger in Angst und Schrecken zensieren.« Pause. »Ich vergebe deshalb meine Noten nicht am Ende, sondern zu Beginn eines Semesters.« Pause. »Lange vor den mündlichen und schriftlichen Prüfungen.« Pause. »Sie wissen, was das heißt?« Pause. »Zu Beginn eines Seminars nehme ich die Notenwünsche meiner Studenten schriftlich auf. Und zum Semesterende schreibe ich sie in ihre Seminarbescheinigungen.« Pause. »An manchen Tagen schicke ich die Studenten nach Hause. Oder ins Schwimmbad.« Pause. »Grüne Tinte. Ich korrigiere ihre Hausarbeiten mit grüner Tinte. Ich unterstreiche nur das, was mir besonders gut gefällt. Alles andere lasse ich unter den Tisch fallen.« Pause. »Und es gefällt mir, je häufiger ich ihre Hausarbeiten mit grüner Tinte untermale, immer mehr …«

Hinter den Kameras spürte ich eine gewisse Unruhe. Ich merkte es, als ich nach meiner Aktentasche schaute. Sie lag auf einer Ablage neben Fabas Sofa, auf der linken Bühnenseite. Als ich aufstand, um sie zu holen, bemerkte ich fuchtelnde Bewegungen. Sie galten weniger mir als den Kameramännern und Kabelträgern. Eine Kamera folgte mir auf der Stelle nach, im Geleit geduckt laufender Kabelträger. Die anderen Kameras schienen – unter hektischen Anweisungen aus der Regie – sich neu zu gruppieren. Die linke verschob sich nach rechts, die rechte nach links, in ruckartigen Bewegungen und Gegenbewegungen. Kabelträger unterschiedlicher Kameras passierten einander, manche fast stolpernd, sich in fremden Kabeln verfangend. All das wegen einiger weniger Schritte auf der Bühne. Ich brach ab, blieb stehen, sah das Vortragspult und sagte wie zu meiner Erklärung, in den Gesten eines andeutungsweise vorweggenommenen Vortrages: »Mich interessiert nur das Unhaltbare.« Pause. »Und dies auf höchstem Niveau.« Pause. »Unhaltbare Hypothesen, unhaltbare Annahmen, unhaltbare Schlussfolgerungen auf allerhöchstem Niveau. Das ist für mich Erkenntnisfortschritt.« Pause. »Einmal forderte ich meine Studenten dazu auf, eine Zeit lang nur noch unhaltbare Gedanken zu sprechen. Wenigstens fünf Minuten lang. Ein paar Sätze Unhaltbares. Ich hörte nichts, kein einziges Wort.«

Jenseits des Rednerpults entdeckte ich die Sprossen einer Leiter. Sie stand außerhalb des Blickfeldes des Auditoriums, jedoch in meinem Blickfeld. Ich näherte mich dieser Leiter. Sie führte hinauf zu einem undefinierbaren Gestänge aus Scheinwerfern. Ich dachte an die Möglichkeit, die Leiter nach oben zu klettern. Ohne Vorwarnung und aus dem Stegreif – und ohne einen Plan, was ich auf dieser Leiter eigentlich machen sollte. Nur davonklettern. Oder einige Sprossen klettern und dann sprechen. Klettern und sprechen, sprechen und klettern …

Ich ahnte die Ruckartigkeit meiner Sätze – sturzbachartig gesprochene Sätze. Wenn nicht jahrelang aufgestaute Sätze. Ich sagte: »Die Universität setzt nur auf das Haltbare.« Pause. »Sie lebt in ständiger Sicherung und Absicherung.« Pause. »Absicherung und Rückversicherung alles Sicheren.« Pause. »Sicherheitsdoktorarbeiten. Sicherheitsansätze. Sicherheitsvorträge und Sicherheitsprüfungen.« Pause. »Sie ist eine Fehlervermeidungsanstalt.« Pause. »Eine nekrophile Fehlervermeidungsanstalt.« Pause. »Negative Alchemie.« Pause. »Verwandelt alles Leben in Totes.« Pause. »An erster Stelle die Sprache.« Pause. »Aus aktiven Sätzen werden passive Sätze.« Pause. »Öffnen Sie jede beliebige Doktorarbeit.« Pause. »Passiv über Passiv.« Pause. »Im ewigen Passiv unverständlicher Sätze …«

Ich weiß selbst nicht genau, ob ich dies alles sagte. Ob ich tatsächlich sagte, was ich dachte, oder nur dachte, was ich nicht sagte – oder ganz anders sagte. Ich wechselte erneut die Brillen, von der Vortragsbrille wieder zurück zur Frage-Antwort-Brille. Ich bezeichnete mich als verhinderten Fußnotenflüchtling. Und als gescheiterten Laufbahnverweigerer. Als habilitierten Nicht-Professor. Nur ein Halb- oder Nicht-Ganz-Professor. Trotz Habilitation. Magister, Promotion, Habilitation. Vielleicht auch: Magister, Promotion, Rehabilitation – nach einer misslungenen Habilitation. Wer weiß.

Vieles sagte ich im Hinblick auf Faba. Sie saß mit übereinandergeschlagenen Beinen auf ihrem Sofa. Ich glaubte, ihr Ohr zittern zu sehen, und fragte mich, was geschehen müsste, um eine Fernsehsendung ernsthaft in Frage zu stellen. Welche Worte gesprochen, welche Handlungen dabei vollzogen werden müssten. Ich stand immer noch in der Nähe des Vortragspults und räumte ein, dass es Vorlesungen gibt, die besser nicht gehalten worden wären. Ich nannte meine eigenen Vorlesungen. »Fragen Sie meine Studenten.«

Durch das grelle Scheinwerferlicht sah ich schemenhaft Bühner, der mir händeringend zugestikulierte: Zurück! An meinen Platz. Er beschwor mich mit beiden Händen. Unter allen Umständen wieder zurück an meinen Platz! Zeigte auf die andere Bühnenhälfte. Zuerst nur mit Händen, dann mit einer zusammengerollten Zeitung, mit der er mich lotste und dirigierte. Teils scheuchend, dann wieder flehend und beschwichtigend. Zurück! Oder wenigstens dort bleiben, wo ich stand. Unter keinen Umständen auch nur einen Schritt weiter! Ich wechselte von der Frage-Antwort-Brille wieder zur Vortragsbrille und von der Vortragsbrille wieder zurück zur Frage-Antwort-Brille … – währenddessen ich dem Publikum erklärte: »Nicht für das Leben, sondern für die Schule lernen wir.« Der Satz wurde nur erst in neuerer Zeit auf den Kopf gestellt. Hinter der äußersten Kamera spürte ich Panik. Sie hatte keine Kabellänge mehr übrig, um mir weiter zu folgen. Sie alle, Kameraleute, Beleuchter, Regisseure und Redakteure, aber auch Faba, sie alle wirkten wie Gefangene – Geiseln ihrer eigenen Welt. Sie saßen oder standen wie angewurzelt, entgeistert, von der Rolle. Ich stand mit einer Geste am Bühnenrand, so als wollte ich Bühner persönlich auf die Bühne bitten, um mir zu erklären, wo genau auf der Bühne er mich zu haben wünschte. Er wich verängstigt zurück, machte nur noch diffuse Zeichen. Während ich mich kreisförmig um die Bühnenmitte bewegte; später lief ich rechteckig, wie auf einem Hofgang. Das Vorlesungspult umlief ich in Linien, die die Form einer Acht annahmen. »Vor jeder Vorlesung«, so mein Vorschlag, »sollte man an die Studierenden Hupen verteilen. Jeder, der etwas nicht versteht oder nachvollziehen kann, soll bitte hupen …« Pause. »Manche Vorlesungen würden dann Hupkonzerten gleichen.« Pause. »Oder auch nicht.« Nach und nach sprach ich mich wieder zurück in die Nähe von Fabas Sofa. Satz für Satz. Ich setzte mich. Hinter den Kameras spürte ich Erleichterung. Bühner nickte vehement. Faba stellte mir eine schnelle Frage, die erste Frage seit vielen Minuten. Ich setzte mich und sprach von meinem zensurischen Testament: »Für meine Studenten ist gesorgt. Ihre Hausarbeiten korrigiert. Alle wichtigen Noten niedergeschrieben. Sie sind auf dem Weg ins Sekretariat. Sie reichen bis zur Zwischenprüfung. Vielleicht sogar noch darüber hinaus, bis zum Studienende.«

Ich dachte an den Selbstmord. Kein gewöhnlicher Selbstmord, sondern Selbstmord vor laufenden Kameras. In einer Fernsehsendung. Live. Ein Selbstmord nur mit Worten und wahllosen Schritten über die Bühne – und über die Bühne hinaus. Wie ein eminenter Showmaster, der auf die Bühne tritt und sich um sein Leben spricht. In haarsträubenden Ankündigungen und Bezichtigungen. Was wäre, so mein Gedanke, wenn ich eine Waffe bei mir trüge, oder nur die Andeutung einer Waffe. Wie leichtsinnig, einen Fernsehgast in eine Sendung zu lassen, ohne ihn vorher zu kontrollieren. Und selbst, wenn ohne Waffe, so bleiben immer noch Schritte und Worte. Gemäß dem Satz: *Ein Mensch, der die Hoffnung aufgegeben hat, ist nicht mehr zu besiegen.* Lange Pause.

Ich lenkte das Gespräch wieder zurück auf die Universität. »Jeder Student«, so erklärte ich Faba, »hat ein Recht … Ein Recht auf Erfolg.« Pause. »Nicht nur ein Recht auf Achtung, sondern ein Recht … auf Erfolg.« Ich korrigierte mich: »Jeder Mensch hat, wenn er das will oder er nicht anders kann, auch das Recht auf Misserfolg, ein Recht zu scheitern.« Pause. »Warum sollte ich einen solchen Menschen dafür bestrafen.« Pause. »Warum sollte ich irgendjemanden für sein Scheitern auch noch bestrafen.« Pause. »Jeder Mensch möge darin bewahrt werden, was er ist, was er sein möchte oder sein muss …« Pause. »Jeder möge auch darin bewahrt werden, was er nicht ist, was er nicht sein möchte oder nicht sein muss.« Ich grüßte Professor Müller-Niebert in die Kamera. Wie zu meiner Rechtfertigung sagte ich ihm: »Ich wollte meinen Studierenden keine unnötigen Schmerzen bereiten …« Pause. »Ich wollte ihnen auch keine notwendigen Schmerzen bereiten …« Ich fragte nun direkt in die Kamera: »Was überhaupt ist ein notwendiger Schmerz?« Und ich erklärte Müller-Niebert: »Hiermit entwerbe ich mich um die Darmstädter Stelle. Hiermit entwerbe ich mich um jede für mich angedachte Stelle …« Um wie viel leichter es ist, eine Wahrheit einem Menschen in eine Kamera zu sagen als sie ihm direkt ins Gesicht zu sagen. Faba räusperte sich. Dann lächelte sie. Ihr

Lächeln brach aus ihrem Mund, aus ihren Augen, aus ihren Händen … Als sie mich weiterfragte, duzte sie mich. Plötzlich duzte sie mich. Als säßen wir bereits seit Stunden oder Tagen in einem eigenen Gespräch. Sie fragte, ich antwortete … Sie stellte mir wunderbare Fragen: Meine schönste Vorlesung? Das schönste, was mir je ein Student gesagt habe? Warum ich Lehrer an der Universität geworden sei? Ich war in Versuchung zu antworten: Weil ich hoffte, einmal einer Studentin zu begegnen wie ihr. Vielleicht hätte Faba daraufhin geantwortet: Ob ich einer solchen Studentin je begegnet sei? Und ich hätte geantwortet: »Ja.« Sie fragte, ich antwortete, ich antwortete, sie fragte. Oder ich fragte und sie antwortete. Ihre Lippen bewegten sich in Zeitlupe. Ich schaute in die Kamera und verabschiedete mich von meinen Kollegen, auch von Frederike Tarnart und Julian McMurphy. Ich sagte nicht, dass ich sie vermissen werde …

»Was wollten Sie als Kind einmal werden?« Noch immer hörte ich Fabas erste Frage zu Beginn des Interviews. Und erst jetzt kamen mir Antworten in den Sinn. Zum Beispiel: Zirkusdirektor, Bademeister oder Schriftsteller. Ich wollte Schriftsteller werden, nicht Sekretär, sondern Schriftsteller. Einen Moment lang war ich durchdrungen von aufblitzenden Ahnungen, wie es sein könnte, wenn ich tatsächlich schreiben würde. Schriftsteller, das ist immer noch besser als arbeitslos oder beschäftigungslos oder ratlos. Für Sekunden kostete ich dieses Hochgefühl aus.

Die Kameras traten mehr und mehr in den Hintergrund. Einige Zeit spürte ich noch erschöpfte Unruhe, fuchtelnde

Bewegungen und lautlose Beratschlagungen ... – dann saßen wir in völliger Stille. Faba flüsterte mir zu: »Wir sind beide so gut wie ...« Ich verstand nicht genau, was sie sagte, doch sie meinte wohl: erledigt, in der Endlosigkeit einer ruinierten Fernsehsendung, nie wieder berufs- oder fernsehtauglich. Ich fragte sie, ob ich ihre Sendung zerstört habe. Sie antwortete: »Aber nein. Wie könnte man eine solche Sendung zerstören. Sie ist unzerstörbar. Sie geht weiter und weiter und weiter ... Ob mit oder ohne mich ...« Nach einer kleinen Pause sagte sie: »Besser ohne mich.« Ich fragte sie, ob wir überhaupt noch auf Sendung seien? Wir waren immer noch hell erleuchtet. Wir saßen in aller Stille und Abgeschiedenheit. Das Publikum im Auditorium wirkte andächtig.

Später sagte sie, für sie sei das Licht der Fernsehstudios nichts anderes als hell erleuchtete Dunkelheit. Sie sagte: »Seit Jahren verbringe ich meine Tage in hell erleuchteter Dunkelheit ... Mein Gesicht ist nichts als geschminkte Dunkelheit ... Die Interviews, die ich führe, strahlende Dunkelheit ... Wir leben und arbeiten in einer eigenen Welt ... Wir alle hier sind Zufallsgefährten ... Zufallsgesichter und Zufallssprecher in einem Zwischenseits ... Geschminkt, balsamiert, erleuchtet ...« Nach einer Pause sagte sie: Wie gerne sie gekommen wäre ... Als ob sie sich korrigieren wollte: Wie gerne sie zu einem Professor wie mir in die Vorlesung gekommen wäre. »Wie gerne.« Wir saßen immer noch Knie an Knie einander gegenüber, inmitten unserer anhaltenden Blicke. Für Sekunden war ich mir sicher, sie nie anders gesehen und erlebt zu haben, als in dieser Nähe und Vertrautheit und Selbstverständlichkeit. Auf einem Monitor sah ich noch eine leichte Bewegung ihrer Beine. So als könnten sie jederzeit unter ihrem Rock hervorkommen, um sich in ganzer Länge auszustrecken. Ob wir noch mitten in der Sendung saßen oder in einer Sendepause, war mir egal.

Der Roman basiert auf der Erzählung »Jenseits« in den *Betrachtungen eines Krankenhausgängers* (Klöpfer & Meyer, Tübingen 2004).
Das Gedicht auf Seite 43 ist von Eva Christina Zeller (*Stiftsgarten, Tübingen*, Klöpfer & Meyer, Tübingen 2002).
Das Wort ›Farbtröge‹ auf Seite 167 verdanke ich Walle Sayer.

ISBN: 978-3-940086-11-2

Lektorat: Petra Wägenbaur, Tübingen.
Umschlaggestaltung: Christiane Hemmerich Konzeption und Gestaltung, Tübingen.
Herstellung, Gestaltung und Satz: niemeyers satz, Tübingen.
Druck und Einband: Pustet, Regensburg.

Mehr über das Verlagsprogramm von Klöpfer & Meyer finden Sie unter: *www.kloepfer-meyer.de*